Mahmoud ou la montée des eaux

Éditions Verdier
11220 Lagrasse

Du même auteur

Nos mères, Verdier, 2014
Pense aux pierres sous tes pas, Verdier, 2018
Moi, Marthe et les autres, Verdier, 2018

•

Ali si on veut, avec Ben Arès, Cheyne, 2010
Césarine de nuit, Cheyne, 2012
Sylvia, Cheyne, 2014
L'enfant des ravines, maelstrÖm reEvolution, 2019
Pense aux pierres sous tes pas, Gallimard, « Folio », 2021

Antoine Wauters

Mahmoud
ou la montée des eaux

Roman

Verdier

*L'auteur remercie le Centre national du livre
et la Fédération Wallonie-Bruxelles,
qui l'ont aidé pour mener à bien ce projet.*

www.editions-verdier.fr

© Éditions Verdier, 2021 pour l'édition en langue française
© Antoine Wauters, 2021
Publié avec l'accord de l'Agence littéraire Astier-Pécher
ISBN : 978-2-37856-112-3

La vie, c'est être continuellement mouillé.
La vie, c'est nager dans le petit bassin du
moment présent.

SOHRAB SEPEHRI

Mes pensées vont au réalisateur Omar Amiralay
dont le cycle de documentaires autour du barrage de Tabqa
m'a fortement marqué, nourri et inspiré.
Il est décédé à Damas en février 2011.

Les couloirs verts et or de ma lampe torche

I

Au début, les premières secondes, je touche
toujours mon cœur pour vérifier qu'il bat.
Car j'ai le sentiment de mourir.
J'ajuste mon masque, me tenant à la proue.
Je fais des battements de jambes.
Le vent souffle fort.
Il parle.
Je l'écoute parler.
Au loin, les champs de pastèques,
le toit de la vieille école et des fleurs de safran.
L'eau est froide malgré le soleil,
et le courant chaque jour plus fort.
Bientôt, tout cela disparaîtra.
Crois-tu que les caméras du monde entier
se déplaceront pour en rendre compte?
Crois-tu que ce sera suffisamment télégénique pour eux,
Sarah?
Qu'importe.
Agrippé à la proue, je vois mon cabanon, une vache
qui paît en dessous des arbres, le ciel immense.
Tout est loin.
De plus en plus loin.
J'enfile mon tuba. Je fixe ma lampe frontale
afin qu'elle ne bouge pas.

Et je palme lentement pour maintenir mon corps
d'aplomb.
Je prends ensuite une grande, profonde respiration,
et tout ce que je connais mais que je fuis, tout ce que
je ne supporte plus mais qui subsiste, tout ce qui nous
tombe dessus sans qu'on l'ait jamais demandé, je le
quitte.
Une sensation exquise.
La meilleure.
Bientôt, je coule, je disparais mais je n'ai plus peur
car mon cœur s'est habitué.
L'eau me porte, pleine de déchets.
Je les ignore.
Des algues mortes.
Je les ignore.
Je ne veux rien voir de la nuit.
Tout est jaune et vert trouble à ces grandes profondeurs.
L'eau de plus en plus froide.
Pure.
Si j'éteignais ma lampe, il ferait noir,
et en dehors des bulles d'air que je relâche
parcimonieusement et du plancton tout contre moi,
il n'y aurait rien.
Je palme encore.
À cet endroit de la descente, je pense à toi dans
notre lit, immobile sans doute, ou sous le prunier,
en train de lire les poètes russes que tu aimes tellement.
Maïakovski.
Akhmatova.
Ton cœur est un buisson de lumière chaque fois que
tu lis les poètes russes.
Et moi je n'arrive plus à te dire que je t'aime.
Nous avons connu Beyrouth et Damas, Paris où
mes poèmes nous ont menés l'été 87.
Nous avons joui l'un de l'autre de nombreuses fois,

vécu ensemble sans le moindre tarissement,
connu la peur, la faim, l'isolement, et à l'instant
où je te parle, je suis brisé, Sarah, séparé de
ma propre vie.
Je n'y arrive plus, voilà.
Quand on a perdu un enfant, ou plusieurs enfants,
ou un frère, ou n'importe qui comptant follement
pour nous, alors on ne peut plus avoir un buisson
de lumière dans le cœur. On ne peut plus avoir
qu'un ridicule morceau de joie. Un fétu minuscule.
Et on se sent comme moi depuis tout ce temps :
séparé.
Détruit.
Je continue de palmer, souple, toujours plus souple,
pour ne pas blesser l'eau.
Ne la blesse pas, vieil Elmachi.
Tout en bas, le minaret de la grande mosquée.
Je tourne autour.
C'est si beau !
Des poissons.
D'autres algues, gonflées comme la chevelure des morts.
Les couloirs verts et or de ma lampe torche.
Et, plus haut, comme une aile d'insecte dans le vent,
ma petite barque qui se dandine, ma petite tartelette de bois.
Sans oublier le soleil, qui, même ici, continue
de me traquer.
Mon grain de beauté me fait mal, mais je ne suis
plus dans la lassitude des choses, ici.
Je suis bien.
Ce n'est pas une distance physique. C'est du temps.
Je rejoins ce qui s'est perdu.
Je rejoins le temps perdu.
À la terrasse du café Farah, cherchant une table libre,
je ne trouve que des bancs de poissons.
Ils me fixent un instant, avant de s'éclipser.

Je remonte vers la barque.
Je sauve un papillon.
Tout est là.
Je respire.
Certains jours, il m'arrive de ne pas avoir la force
de plonger.
Le vent des regrets souffle trop fort et, assis dos
aux combats en repensant à mes années de prison,
je comprends mes enfants qui ont pris les armes
et sont partis se battre.
Un instant, moi aussi je veux lutter.
Je le veux.
J'en rougis.
Puis je comprends qu'il n'y a plus d'ennemis.
Nous sommes seuls.
Seuls comme dans cette cellule où ils venaient
percer mes ongles et pisser sur moi.
Percer mes ongles, pisser sur moi.
Trois ans.
Je ne te l'ai jamais dit comme ça, pardon.
De l'été 87, date de notre retour de Paris,
jusqu'à l'automne 90.
Nous avions déjà nos deux fils et notre chère Nazifé.
Tous les jours, ils me faisaient écrire des choses prorégime.
De stupides choses prorégime.
« J'aime notre Président. Sa valeur n'a pas d'égale
à mes yeux.
Je n'ai jamais vu un Président aussi sage que le
Président el-Assad.
Je n'ai jamais vu un leader comme lui de toute ma vie.
Je n'ai jamais vu quelqu'un comme lui.
Il est le père du peuple.
Il aide les pauvres.
Il est contre l'injustice, contre la corruption,
un Arabe authentique.

Chaque fois qu'il y a un problème qui nous menace,
il est le seul à porter la nation sur ses épaules, etc. »
Je redescends sous l'eau.
Voir ce que ma mémoire n'a pas retenu.
Les arbres.
Les arbres subsistent au fond du lac*[1]. Mais il est
impossible de les reconnaître. Certains ont conservé
leurs bourgeons, de pauvres petits grelots mauves
comme des doigts de pieds d'enfants.
Lorsque je braque ma lampe et tends la main
en leur direction, je voudrais que tu voies ça,
ils remuent faiblement, imperceptiblement.
Comme de petites menottes disant adieu.
Je pense alors à nos enfants.
Reste encore, Elmachi.
Ne pars pas.
En bas, plus bas, à cette profondeur que je ne peux pas
atteindre, je crois voir la porte défoncée, le tonneau à
pluie, les rideaux bleus de la maison et, derrière, derrière les
rideaux et les carreaux brisés, maman qui me sourit en me
faisant signe de la rejoindre, papa à ses côtés.
Je palme vite, maintenant.
Levant les yeux, j'aperçois le corps déformé
de grenouilles au-dessus de moi, leurs doigts
écartés, leurs ventres blonds et roses qui me regardent
comme scotchés à l'écran de lumière.
Ma barque semble loin.
Le poids de l'eau sur mon cœur, je le sens,
comme la masse qui appuie sur la base du barrage*,
prête à le rompre.
Mes poumons sont complètement vides.
Avant, je ne pouvais pas descendre aussi bas.

---

1. Certaines expressions et allusions historiques sont expliquées en fin de volume. Elles
   sont suivies d'un astérisque dans le texte.

J'ai appris. Mais maintenant je n'ai plus d'air.

Remonte, Elmachi !

Les bras contre le corps, je palme vers la lumière.

Le monde, cette beauté détruite par la peur.

Champs de pastèques, concombres, lumière et ciel.

Mon cabanon est là. Planté entre deux pics, trois
mètres au-dessus du niveau de l'eau. Bien caché,
à l'écart.

Extrêmement bien caché.

Je m'enroule dans ma chemise jaune.

Je marche.

À quelques kilomètres seulement (il montre le sud),
des civils sont tués.

Là (il continue de montrer le sud), on coupe des têtes.

Et là (il montre l'ouest), c'est le noir et la nuit.

D'autres têtes coupées, Sarah.

Des enfants aux doigts raidis pour toujours.

Je sens ton souffle.

Tu es là.

Tu viens de fumer, je le sais. C'est ton secret.

Tu as toujours fumé en cachette.

Où vas-tu ?

Pourquoi pars-tu déjà ?

Je t'entends murmurer des choses à mesure
que tu t'éloignes.

Tous les jours la même chose, mon amour.

Tu me demandes, disparaissant, si j'ai plongé
comme je le voulais.

Si j'ai pu lire et écrire comme je le voulais.

Mahmoud.

Tu dis mon nom.

Doucement.

Avec tendresse.

Fais chauffer l'eau du thé, Mahmoud.

Puis tu t'en vas et, pendant que je pense à nos enfants partis

et que le poids de la terre écrase mes tempes, je sens que j'ai
besoin d'être seul et de pleurer.

Quand sait-on qu'un de nos enfants est mort,
Mahmoud? Quand en a-t-on la certitude?

Tu reviens sur tes pas.

Tu poses ta main sur moi.

Aujourd'hui, dis-tu, j'ai eu l'impression d'accoucher de
Nazifé. La même douleur. Sauf que cette fois elle rentrait
dans mon ventre. Notre fille rentrait en moi.

Je caresse ta joue froide en regardant la lune, Sarah.

Je ne dis rien.

Mon plat de concombres est vide.

Le monde entier est vide.

Sommeil, viens!

Une épée debout sur le cœur

2

Ils disent que j'ai perdu la tête.
Ils me montrent du doigt.
Elmachi!
Vieux fou, tu finiras par te noyer!
S'ils savaient comme je suis bien ici, sur ma barque
en bois de pin.
Comme c'est le seul endroit possible maintenant
que l'Ophtalmologue, fils de notre regretté Président,
est aux commandes.
Dur comme un rostre, le fils, lui qui pourtant se destinait à
étudier les yeux dans cette chère ville
de Londres.
Ophtalmologue, Sarah.
Étudiant exilé et enfin libre du père.
Du moins le pensait-il.
Pourquoi est-il revenu?
Pourquoi diable Bassel a-t-il perdu la vie dans
ce maudit accident?
Bachar.
À Londres où il étudie, les vents soufflent qu'il est
discret, timide et réservé.
Il occupe un grand appartement au sud de Hyde Park,
un grand appartement loué par le régime,
mais qu'il ne quitte qu'en de rares circonstances.

Quelqu'un de calme, studieux.
Certes, vif est l'échec de sa première tentative
d'admission à ce stage postdoctoral londonien,
mais il y pense moins. C'est du passé. Il y est.
Et il se fortifie à la pensée que tout est bien
de ce côté du monde :
Internet, la haute technologie, la vitesse. La liberté.
Au St-Mary's Hospital où il effectue son stage,
le médecin responsable dit en garder un bon souvenir.
Les vents le soufflent, ils le disent.
Gentil et sympathique.
Ses patients l'aiment.
Tu te rends compte?
Un homme affable et cultivé.
Le soir où il rencontre Asma (lui l'aime déjà,
ils assistent à un dîner à l'ambassade syrienne et
son cœur bat jusque dans ses yeux) il lui dit
qu'il n'a de goût ni pour le pouvoir ni
pour la politique.
Un monde qui m'ennuie et que je comprends
de moins en moins, dit-il en avalant ses yeux.
Et elle, riant de ses dents blanches de première de
la classe, elle, la jeune licenciée en informatique et en
littérature française au chicissime King's College, de lui
saisir la main tout en disant qu'il fera un excellent médecin.
Docteur el-Assad!
Et elle rit à nouveau, de tout son beau visage
et de sa peau aux éclats d'amande douce,
elle rit et lui se sent aux portes du paradis.
Londres.
L'Europe.
Il se sent libre, Sarah.
Et cette femme vêtue à l'occidentale, libre elle aussi,
moderne, mais qui a la Syrie dans le sang, cette Asma
ne quitte plus ses pensées.

Comme nous tous, mon amour.

Je veux dire : qui n'a pas la Syrie dans le sang ?

En tout cas, tout ce qu'elle dit, Bachar le boit.

Mais il aime plus encore la manière dont elle le dit.

Ce mélange de calme et de feu.

La grâce qui habite sa voix.

Ses oreilles, légèrement décollées. Et l'incroyable dessin de sa bouche, comme un film d'aventures.

Lui, le timide, s'exprime à fleurets mouchetés.

Les mots lui manquent.

Ce n'est pas lui qui brillait à la maison.

C'était l'aîné, Bassel.

Bachar se contentait des étoiles perdues.

Pourquoi est-ce que je te dis tout ça ?

Pourquoi toujours ressasser les mêmes choses ?

Pourquoi l'air vient-il à manquer dès que je sors de ce fichu lac ?

Je n'aurais jamais dû être poète.

Je n'aurais jamais dû être vivant.

Qu'il est dur et tranchant d'avoir autant aimé.

Voilà pourquoi je parle, Sarah.

Et un jour, Bassel meurt.

Accident de voiture.

Ne me demande plus quand.

Ce qui compte, c'est que personne n'ait dit de lui qu'il avait rejoint le ciel au volant de sa voiture.

On ne riait pas.

C'était un drame. Un drame national.

Tir. Parachutisme. Natation. Course.

Il excellait en tout.

Sanguin, fougueux, c'était le fils aimé.

Le seul à avoir l'étoffe d'un futur Raïs.

Le dauphin.

Toute sa vie, il avait été préparé pour régner.

Toute sa vie, on la lui avait confisquée et rangée

dans une case, avec dessus le sceau du pouvoir
et du parti.
1994, l'hiver. Janvier, je crois.
Il quitte ce plan de l'existence,
et aussitôt, Bachar le londonien, Bachar aux yeux
de requin fou, Bachar le timide, le doux, l'homme
qui n'a jamais eu confiance ni en lui ni en personne,
rentre en Syrie et assiste aux obsèques.
Sur les hauteurs de Qardaha, près de Lattaquié,
un vent terrible souffle.
Et il souffle encore en ce moment par le seul
fait de te parler.
Bachar se tient devant le cercueil,
mais c'est comme s'il n'était pas là.
Mirage. Poussière pour la poussière.
D'une traite, il s'acquitte de l'hommage
qu'il vient de terminer dans l'avion, le lisant simplement,
sans effets.
Comme le grand échalas qu'il est.
Mais on sent qu'il hésite.
Oui, on le sent hésitant.
Les joues rondes (il était plus épais alors),
je l'entends encore : « Jamais je n'aurais imaginé vivre
une telle tragédie, alors que toi, mon frère, tu nous as
quittés. Toi qui allais chevauchant, telle une vague en
pleine mer. »
Et à peine conclut-il qu'une violente rafale
souffle les pages de son discours,
et les offre aux pierres et aux chemins.
Rentre, dit le vent. Retrouve Asma à Londres. Deviens
médecin et quitte ce pays de fous.
Au lieu de quoi, il reste planté sur place, perdu.
Comme tout le monde.
Car qui est en mesure d'imaginer la suite?
Qui le pouvait?

Même Hafez, écrasé de douleur dans son siège à l'abri
de ces bourrasques qui ébouriffent tout Qardaha,
son béret sur la tête, même lui n'imagine pas la suite : qu'à
sa mort par exemple, quelques années plus tard,
les hommes de main de son Ophtalmologue de fils
joueraient du fouet avec des câbles d'acier, feraient
aux dissidents des brûlures de cigarette dans
les yeux (les yeux),
passeraient sur eux des lames de rasoir et introduiraient des
rats dans le vagin des femmes,
qu'ils violeraient devant leurs pères et leurs maris.
Ou bien qu'ils entreraient au milieu de la nuit,
ordonneraient à des frères de violer leurs sœurs et leur
couperaient la tête s'ils refusent, ou bien les
tueraient sur leurs pauvres sœurs avant de les violer
à leur tour.
1994, oui.
Bachar rentre au pays et il devient un autre.
Les monstres naissent dans la nuit.
Il range ses habits de médecin, se forme à l'Académie
militaire de Homs et éclipse peu à peu, bye-bye,
le jeune homme timide de Hyde Park.
Maintenant, il regarde les gens dans les yeux quand
il leur parle. Au fond des yeux. Et se tient droit comme
le fil d'une épée.
C'est un capitaine, un gradé.
Il nous a pris nos vies, Sarah.
Il est toujours trop tard quand on ouvre les yeux.
Penchés au-dessus de nous, les monstres tiennent de
longs ciseaux glacés et les pointent en notre direction.
Tchak ! Voilà comment ils font.
Ils nous prennent nos rêves
et les coupent en menus morceaux.
Son père n'était pas différent. Avec son cher service
de renseignements, le fameux Mukhabarat, lui aussi

passa nos rêves par les armes.

Et, bien que mon travail ait consisté à décrire
notre Président comme juste, sage et honnête
auprès de mes élèves, ainsi qu'à me prosterner
journellement devant lui (je parle du père, Sarah,
je parle de Hafez) de même qu'à me perdre
en discours glorificateurs, jamais, je n'ai jamais
eu la moindre confiance en lui.

Il était une épée debout sur mon cœur.

À tel point qu'aujourd'hui encore, sur ce lac,
à cette heure, alors que je devrais rentrer
à la maison, je tremble d'être poursuivi par
son fantôme.

Elmachi !

Ils rient.

Regarde-toi, tu sombres !

Ils fument des cigarettes et partent livrer bataille
aux quatre coins du pays.

Nos enfants aussi sont partis aux quatre coins du pays.

Se battre.

Être le père d'enfants partis se battre n'est pas
seulement étrange.

C'est une chose insensée.

Comme l'est le fait de ne plus voir celles
et ceux que l'on a un jour aimés.

Soit.

Ils sont partis et je suis dans l'impossibilité de les voir.

Je ne peux plus les toucher.

Je ne peux plus les entendre.

Mais je peux dire leurs noms.

De même, je peux entendre leurs cris.

Les balles qu'ils tirent sous les obus crachés
par les T72,
ou sous les charges larguées par les avions
d'entraînement Albatros.

Qu'espèrent-ils, selon toi?
Moi, Mahmoud Elmachi, je n'espère plus rien.

Or je traîne dans la nuit, je ne bouge pas

3

J'observe.
Je me lève tôt.
Tous les matins.
J'embrasse ton visage, sa mi-nuit.
Je fume une cigarette puis, quand mon corps et
ma pensée se ressoudent comme des aimants,
je fais le tour du lac.
Presque le tour.
Il est si grand.
Je murmure un poème aux insectes.
Puis je saisis les rames et me couche sur l'eau.
C'est bon, même sur ce foutu lac. Aussi bon que tes
baklavas*, Sarah.
J'ai mon thermos à thé, toujours, ainsi que de vieilles
tartines au concombre et au fromage de chèvre
emballées dans de la cellophane, mon paquet de
cigarettes et, partout autour, partout, l'eau et le ciel.
Toute la journée, je suis là.
Des sirènes hurlent au-dessus de ma tête.
Des avions.
Où vont-ils ?
Au printemps, quand ce merdier* a commencé, tout
le monde pensait que c'était gagné.
On allait faire tomber et cuire sur un grand gril les yeux

de requin de l'Ophtalmologue, ceux de sa maudite Asma
et de leurs enfants.
On les tuerait.
La liberté serait à nous.
On pourrait le crier et on passerait notre vie
à rêver de voyages lointains et de mers profondes
comme tes yeux.
Tu te souviens ? Moi, je n'étais pas d'accord avec ça.
J'étais un vieux bonhomme et l'âge, tu le sais, fait
qu'on est moins enclins à se laisser berner
par les fanaux des rêves de liberté.
J'en avais fait un texte.
Nous cheminons vers le printemps
Comme vers une vaste tente funéraire,
Comme si personne ne connaissait de chemin vers
une fête !
Toutes les fleurs sont amenées au cimetière !
La vie entière marche derrière les cercueils des morts.
Ô mon Dieu !
Derrière le convoi funéraire de qui
Se hâte ce printemps tout entier ?
Il fait chaud, ce matin.
Le soleil darde ses rayons et, sur ma peau, la grosse
tache de lumière n'arrête pas de grossir.
Un grain de beauté.
Apparu quand je suis tombé amoureux de toi.
Et depuis lors, il grossit, grossit et me fait mal.
Je mourrai par la peau.
Je le sais.
Alors, je mets des sparadraps dessus, de gros sparadraps
beiges qui se décollent dans l'eau.
Je ne t'en parle pas mais, plus il grossit, plus j'ai
l'impression que c'est un signe que Leïla m'adresse
par-delà la nuit, pour que je ne l'oublie pas et,
qui sait, que je la rejoigne.

Pardonne-moi de te parler d'elle.
Il n'y a plus d'heures quand je suis ici.
Le temps ne compte plus.
Je ne suis plus un vieillard, je ne suis rien.
Rien qu'un corps. Pour l'eau et le soleil.
Comme quand j'écris.
Pour écrire : ressentez à quel point vous n'existez pas,
à quel point vous êtes trouble.
Tout vient de là.
Moi, j'ai ressenti parmi les hommes comme une
merveille que la terre n'existe pas,
ni le ciel au-dessus de lui,
que le soleil ne brille pas, ni la lune,
et que la puissante mer non plus n'existe pas.
Ainsi sont nés mes livres.
Regarde-moi.
Sur ma barque.
Je pense à la maison, qu'il faudrait que j'aie
la force de retrouver.
Or je traîne dans la nuit, je ne bouge pas.
Pardonne-moi si j'ai mal le jour où je rentrerai.
Pardonne-moi pour mes larmes.
Bientôt, tout sera balayé.
Et tout ce qui restera, ce sera une vaste étendue d'eau
avec, peut-être, embossé dans sa barque comme dans
une coquille de noix, un vieux sage
qui parlera, mais que plus personne n'entendra.
Autour de lui, les bruits de combats auront cessé.
Ses fils ?
Disparus.
Ils lui manqueront ?
Oui.
Sa femme aussi ?
Oui, ses deux femmes.
Mais à part ça, rien.

Juste la parole d'un vieillard sur une barque.
Et personne qui l'écoute, qui l'entend.
C'est ici, dit le vieux sage, au bord de l'Euphrate,
que l'homme est né et a grandi il y a des millénaires.
Et c'est ici qu'il meurt, dit-il encore, cependant
que tout le monde le croit fou.
Elmachi!
Tu te noies!
Quand je rame, je n'y pense plus.
Je ne sens rien.
Je revois mon enfance, la barbe verte et drue
de mon père, piquante comme dix oursins,
maman, qui m'affolait beaucoup, belle à tomber,
avec ses nerfs toujours en pelote et en débordement.
Ici, sous mes pieds (il montre le plancher de la barque),
se trouvait le vieux dattier. Les amis de mon père
faisaient la sieste sur des nattes. On jouait aux échecs.
Même des chameaux, on en trouvait!
Il y a plus de quarante ans!
Où passe le temps, Sarah?
Où se range-t-il?
Qu'en fait-on?
On écoutait les nouvelles du monde
sur nos postes de radio.
On pleurait nos ancêtres et, ensemble, on célébrait
ce que la vie offrait de bon.
C'est ici qu'on a dévoré des kilos de fromage et de
gâteaux au miel, et bu autant, voire plus, de litres
de thé brûlant.
Avec le télescope de Mounir, on a même cherché des
supernovae!
Pauvres, oui, mais nos factures étaient payables
(et cela on le devait à notre regretté Président, qui en dépit
du fait qu'il détenait l'ensemble des télécommunications,
veillait à ce que nos factures restent dignes, ce qui n'a jamais

été le cas de son couillon de fils acquis au capital).
Les gens du Levant, se foutant bien
de cette identité syrienne fabriquée par
les Français*, voilà ce que nous étions.
Ils me regardent à nouveau.
Rient.
Elmachi!
Ils disent que je devrais les rejoindre, prendre
les armes et prier pour ce qu'il reste de nos terres.
S'ils savaient.
Sarah.
Comme mes vœux et les leurs n'ont plus rien
de commun.
À midi, je dors sous mon journal,
protégeant ma tumeur.
Et quand j'ouvre les yeux, je vois Leïla.
Ses cheveux.
Des quasars.
La lumière des débuts du monde.
Sa bouche comme les pétales des fleurs
que vendait papa. Pareille.
Vous êtes le professeur de lettres, c'est ça?
Elle rit.
Vous m'emmenez?
Elle m'agrippe par la main.
Vous n'avez pas changé! dit-elle.
Et hop, elle me fait valdinguer dans l'eau.

Feuilles d'abricotier

4

Leïla-de-la-montagne. Ma première femme.
Pardonne-moi de m'en souvenir, Sarah.
Qui a dit que la mémoire est rongée par le temps ?
Pas un vieillard de mon espèce, n'est-ce pas.
Comme un lézard entre les pierres,
une créature surgie des bas-fonds,
le souvenir escalade sur moi.
Niche en moi.
Et je suis immergé dedans.
Pris au piège.
Je n'oublie rien.
Leïla et moi, nous nous sommes connus à l'époque où
j'enseignais les lettres à l'école Baïbba,
à deux pas de la mosquée (il désigne un point
sous la barque).
J'avais vingt-trois ans, j'enseignais la grammaire
selon les normes prescrites par le régime et lisais
des poèmes qui parlaient de la gloire du pays,
ainsi que de cette ère riche dans laquelle nous étions
entrés, une ère dont l'histoire n'en avait pas entrevu
de semblable tout au long de la vie de la nation.
Professeur de lettres.
Leïla, elle, venait d'être engagée comme secrétaire
et surveillante, en qualité de quoi, chaque matin,

elle menait le rang jusqu'à cet endroit de la cour
où les enfants, comme de parfaits petits soldats,
entonnaient l'hymne à la gloire du Président,
saluaient le drapeau, s'inclinaient, chantaient.
Moi, je ne voyais qu'elle.
J'étais sidéré par ce minuscule bout de femme.
Comme quand j'écrivais mes poèmes.
Sidéré de cette façon.
Après un mois, alors que nous n'étions encore
que de nouvelles recrues peu au fait de ce monde
de règles et de normes strictes, je me suis aperçu
que je me rendais là-bas, à Baïbba, uniquement
pour la voir.
Voir Leïla.
Je l'aimais.
À vélo, sur la route des crêtes qui me rapprochait d'elle, je
chantais dans mes sombres habits
de professeur du parti.
La même chose quand je me rasais puis avalais
mon morceau de pain et mon café : je chantais aussi.
Au bout de deux mois, je m'aperçus que je quittais
la classe en plein milieu des leçons, prétextant
une envie pressante.
Mes élèves me regardaient,
mais je n'existais plus.
Je chutais dans le vide, un vide nommé amour.
Discrètement, du moins les premiers temps,
je pris l'habitude de passer un bout de tête
dans ce local où elle classait les documents.
Juste un bout.
Et je la regardais, penchée sur des dossiers
qui me semblaient dotés d'une chance prodigieuse
et que je jalousais.
Cela ne durait pas plus de quelques secondes.
Un doigt de pied dans la mer.

Mais alors, je n'étais plus syrien, je n'étais plus un
homme, je n'avais pas de langage et pas de paroles,
j'étais à sa merci, voilà, et je me gorgeais d'elle.
Les semaines passant, je finis peu à peu par glisser
toute ma tête dans le local. Quelle audace !
Mon costume, ma cravate et ma timidité,
eux, m'attendaient sagement dans le couloir.
Enfin, le jour où je m'apprêtais à ouvrir la bouche
pour lui confier ma flamme, c'est elle qui se tourna
vers moi. Vous êtes Mahmoud Elmachi, n'est-ce pas ?
Le professeur de lettres ?
Elle souriait.
On m'a dit que vous écriviez des poèmes…
Oui, dis-je dans ma tête. Tout bas. Chaque jour
et chaque nuit, Leïla de mon cœur. Des poèmes
d'amour, et de lune et de vent.
Mais je restai pétrifié.
Ce qui la fit sourire.
Mahmoud Elmachi, dit-elle, vous êtes un drôle d'oiseau !
Puis elle s'en retourna à ses dossiers et moi à mes leçons, son
rire tonnant dans ma poitrine et mes boutons de chemise à
deux doigts de l'explosion, tellement le sang me brûlait.
Ce qu'il brûlait !
À l'époque, son fiancé s'appelait Fourah.
Il venait la chercher, sur une moto rouge flamme,
quand la cloche sonnait la fin des leçons. Ça avait
le don de me rendre fou. Dès que je la voyais collée
à lui comme une algue amoureuse, partageant
la même selle, le même vent, la même vitesse et
le même rire, je lui aurais tranché la gorge, à ce Fourah.
Peu importe.
Cela dura quatre ans.
Je veux dire que, pendant quatre ans, j'ai vu
  Leïla-de-la-montagne
sans qu'il se passe la moindre chose.

Je glissais ma tête dans le local,
et elle me regardait gaiement.
En riant.
Ses dents étaient si blanches !
Je ne voyais qu'elles !
Des dents blanches et un rire incroyable, universel !
Que les autres y résistent ? Je ne le concevais pas.
Des oreilles comme des ailes de papillon, décollées,
mais si souples et si belles. Des feuilles d'abricotier.
Je les aurais mangées.
Ceci dit, Baïbba n'était pas un lieu de plaisance.
On était surveillés. Si bien qu'on ne parlait jamais
qu'au pas de course, prétextant, si l'on nous surprenait,
quelque urgence administrative.
Des années prodigieuses.
Je revois le soleil quand j'y repense.
Il inonde tout.
Monts et pierres et regrets.
Quelquefois, il m'arrivait cependant de lui lire
l'un ou l'autre de mes poèmes. Pas des poèmes
sur elle, pour ne pas l'effrayer. Des poèmes anodins,
sur la vigne de mes parents, le village.
Je dois me souvenir, demain, d'aller au jardin d'Hassan
Pour acheter des prunes vertes et des abricots.
Je dois me souvenir de très vite sortir chaque papillon
Qui tombe dans l'eau.
Je dois me souvenir de ne pas faire la moindre chose
Qui puisse blesser la loi de la terre.
Je dois me souvenir que je suis seul.
Des choses simples, quotidiennes.
Mais qui étaient privées du mètre et
de la rime traditionnels. J'étais un poète libre,
moi !
Et puis un jour, ils sont venus remplir le lac.
Et tous, nous avons vu nos maisons sombrer

les unes après les autres, emportant nos souvenirs.

La mosquée.

Le café Farah.

Nos arbres et nos jardins.

Rien n'y a survécu.

L'école Baïbba fut rasée et, parce que le malheur voulait qu'elles se trouvent un peu au-dessus du niveau des eaux, des habitations et des milliers de familles furent déplacées.

Tout est là, mon amour.

On était à l'aube des années soixante-dix et notre Président, comme à son habitude, avait eu une idée.

Les grandes idées de Hafez.

Il voulait changer le cours du fleuve, voilà. Il voulait faire quelque chose pour nous, pour nos cultures et notre économie. C'est ce qu'il disait.

À chaque discours, il le disait.

Et les discours n'en finissaient pas.

Mes enfants, disait-il.

Et il continuait en affirmant qu'il voulait irriguer nos terres et que tout le monde goûte au progrès.

C'était ça, sa grande œuvre, la colonne vertébrale et le pilier de la transformation socialiste : construire un barrage immense, le plus grand qu'ait connu le Levant.

Bref.

Du jour au lendemain, ce barrage fut de tous les discours et le lac artificiel, lui, vint à porter son nom. Mon lac, disait-il, le lac el-Assad.

Et c'est alors que notre fleuve vit sa vie changer, car ainsi vont les choses par chez nous.

Au besoin, on change la vie des fleuves, on les déplace.

Ensuite, on les envoie vers leur nouvelle adresse.

Moi, j'étais jeune.

Je croyais dans les livres.

Je comprenais la tristesse des fleuves, mais aussi
les révolutions voulant asservir la nature,
pour notre bien. Pour le bien de tout le monde.
J'y croyais.
J'avais foi dans notre regretté Président, dont le maître
mot était que le fleuve allait intégrer « une nouvelle
école ». Car lui aussi était poète, à sa façon.
Le fleuve allait quitter son lit pour apprendre « à lire,
à écrire, ainsi qu'à faire l'amour autrement, avec les arbres et
les champs ».
C'était ses mots.
Ils sont là.
(Il montre sa tête, il regarde l'étendue d'eau
autour de lui. Il regarde le soleil et ses mains
tremblent légèrement.)
Je n'oublie rien.
Ce sont eux, ces mots, que j'ai dû enseigner aux élèves
à partir de là :
« Notre Président arracha au fleuve son manteau
d'argile. Il lui coupa ses cheveux hirsutes et lui donna
de l'encre verte, un stylo et un cahier,
pour qu'il rédige sa nouvelle histoire. »
Si ridicules fussent-ils, oui, je devais enseigner
ces mots-là.
Tu te souviens?
Quatre mille cinq cents mètres de digue.
Soixante de haut.
Des centaines de millions de mètres cubes
de retenue!
Tout résoudre, disait-il. Ce projet de l'Euphrate
allait tout résoudre.
Force, travail, prospérité.
Comme il en était fier, de se rendre maître et
possesseur des eaux!
Et Fourah est mort.

Il roulait vers la ville
quand un troupeau de chèvres a traversé la route,
l'expédiant en droite ligne au ciel.
Les gens disaient qu'il y était monté à moto.
Certains riaient.
Pas comme avec Bassel.
Leïla, elle, se taisait.
J'avais beau passer la tête dans le local aux documents
de cette nouvelle école où ils nous avaient déplacés,
sur les hauteurs, rien n'y faisait.
Les monstres naissent dans la nuit.
La lune avait éclipsé le soleil.
On avait tout perdu.
Le café Farah se trouvait sous les eaux.
Avec les olives de la joie qu'on y suçait après le travail,
les doigts couverts d'ail et de thym.
Bien sûr, quelques-uns se lancèrent dans un lourd
combat administratif, qui devint un sport local réputé.
Jour après jour, ils remplissaient des formulaires
et passaient des coups de fil, remplissaient d'autres
formulaires et passaient d'autres coups de fil, afin
de percevoir les ridicules indemnisations promises
par le régime. « Tenez, tranchait le comité d'évaluation
en provenance d'Alep, voici 1 000 livres. Construisez-vous
une maison ailleurs. »
Comme si la vie faisait des racines en un claquement
de doigts! Comme si la mémoire et le passé se
transbahutaient comme de vulgaires objets!
Parallèlement, ils firent sortir Tabqa de terre.
Tabqa serait la ville nouvelle, fleur de briques et
de béton où logeraient les ingénieurs et les ouvriers
du barrage, ainsi que les paysans privés de terre.
Mais Tabqa, ville nouvelle, n'a rien résolu.
Pas pris notre douleur.
Pas reconstitué le passé.

Ni le café Farah.

De son côté, Leïla retrouvait le sourire.

Mais elle refusait de parler de Fourah et de ce qu'il
représentait. Si bien qu'encore maintenant, j'ignore
ce qui les liait. J'ai peut-être rêvé leur amour,
me dis-je de temps en temps.

Peut-être n'étaient-ils rien l'un pour l'autre, ou si peu.

Quoi qu'il en soit, on passait de plus en plus de temps
tous les deux. Se baladait le long du lac.

Nos mains se touchaient.

Nos peaux.

Tandis que comme deux idiots, on restait là,
à contempler cet immense nombril rempli de flotte,
lui qui contenait nos vies.

J'ai aimé ces moments.

Tous les jours, ils me manquent.

On s'allongeait sur mon kilim, près du champ
de pastèques et du moulin à huile.

Elle lisait des poèmes.

On se quittait de moins en moins.

Un an passa.

Et nous nous sommes mariés.

Six mois plus tard, précocement,
notre petite fille est née.

Elle n'a pas survécu.

Leïla non plus.

Elle a rejoint notre ange.

Elle a rejoint le ciel.

J'ai si chaud, ce matin.

Le soleil me perfore la peau et je rame au-dessus
de leur mémoire.

C'est ici (il désigne un point noir sous sa barque)
que maman faisait pousser les fleurs que vendait papa.

Ici que se trouvait la maison, près de la bergerie de
Mounir. J'entends encore ses cris quand je courais

comme le vent au milieu des brebis.

Qui le croirait, hein ?

Qui croirait que sous cette barque se trouvent
la vaisselle ancienne, nos tables, nos lits, ainsi que
la petite ardoise encadrée de bois laqué où j'écrivis mes
premiers mots, quand rien n'était encore perdu et tout
semblait possible ? Qui croirait que ce village, bien avant
nous, fut l'une des premières cités de l'histoire* ?

Qui croirait ton vieil Elmachi, Sarah ?

Et il n'y a personne

5

C'est le matin.
Il tourne autour du lac.
Il ramasse des galets.
Seul.
Il porte son pantalon clair (mais sale)
et les sandalettes brunes en cuir qu'il aime,
sa barbe est pleine d'écume et ses cernes cachés
par de grosses lunettes de soleil noires.
Il ramasse des galets qu'il empile sur la rive.
C'est sa rive.
Son lac.
Il ramasse des pierres, les empile.
Il fait cela sans marquer de pause, ou juste le temps
de s'allumer une cigarette. Ensuite, il recommence.
Des pierres, fumer, des pierres.
S'il savait que je fume aussi.
Derrière les champs de pastèques.
Là où il ne me voit pas et
ne m'imagine pas.
Les poètes russes sont dans ma poche.
Qu'importe.
Ce matin, il ne pleure plus comme hier,
sur la plage détrempée, ou l'autre nuit, sur le kilim.
Il s'est levé de bonne heure et il entasse ses pierres.

On dirait un enfant.

Un vieillard.

Ses mains sont constellées de larges veines semblables
à des serpents de sable.

Et ses gestes précis.

Comme quand on faisait l'amour.

Il n'y a personne d'autre sur la plage.

Si, il y a bien, entre les grains de sable, à l'abri
de la lumière, de drôles de petits vers blancs,
transparents. Et aussi, drossés en haut des flots
jusqu'à la rive, des algues et du bois mort.

Mais c'est tout.

À part eux, il n'y a personne.

Personne d'autre que lui.

Et cette musique, la même, tout le temps,
qui revient en boucle.

Terminée, elle revient.

Je ne peux pas l'entendre précisément,
mais je la connais. C'est le son de sa voix.

C'est la voix de mon homme vivant et souffrant.

Sa musique.

Le voyage de la graine vers la fleur
Le voyage du lierre de maison en maison
Le voyage de la lune dans le bassin
Le désir de la fleur de jaillir de la terre

Parfois, il cesse de parler, délaisse ses empilements
et se dirige vers le cabanon où, depuis toujours,
il se réfugie pour écrire.

Mais il ne disait pas écrire, il disait battre son tapis.

Chasser les ombres.

Voilà, toutes les demi-heures, il marche vers le cabanon
puis revient sur la plage. Vers l'un et
puis vers l'autre, comme s'il cherchait une chose
qu'il oubliait en chemin, ou couvait plusieurs songes
à la fois.

Va savoir, avec lui.
La tête entre les mains, il parle.
J'entends ses mots.
Plus tard, il sort avec un tas de petites tartines
emballées dans de la cellophane.
Son amour de la cellophane.
Des tartines coupées au cordeau.
Des choses bien faites.
De la pureté.
La nostalgie est une chose pure.
Tous les matins, il les prépare.
Du pain au concombre avec une pointe de sel
et d'huile d'olive, qu'il dépose religieusement
sur les piles de pierres érigées plus tôt, trois, en sorte
qu'on peut voir trois piles de tartines en équilibre
sur trois piles de pierres, juste devant le lac.
Son lac.
Il ne les mange pas.
Quand il a terminé, il attend en regardant
loin devant lui.
Il fixe les eaux, touche son masque.
Mais ne plonge pas.
Le regard arrimé à la gigantesque paroi du barrage,
là, à plusieurs kilomètres sur l'autre rive,
il sourit, faisant le geste de toucher quelqu'un.
Puis il marche jusqu'à la balancelle qu'il a fixée
à ce vieux chêne, et se met à la pousser comme si
quelque petit garçon ou quelque petite fille avait
la chance de s'y trouver.
Et au loin, mais à peine perceptible, la musique
de sa voix qui n'arrête pas de chanter.
Le combat de la brèche avec le désir de lumière
Le combat de l'escalier avec le pas de géant du soleil
Le combat de la solitude avec une chanson
Quand elles s'approchent trop près, il brandit

le poing en direction des mouettes et protège,
de l'autre, les piles de pain emballées sur la pierre.
Puis il revient pousser la balancelle comme si c'était
la chose la plus importante au monde.
Comme quand il cuisine.
Ou quand il écrit.
Qu'il m'aimait.
Il regarde son cabanon juste au-dessus de lui,
au-dessus du chêne, contre l'aven de pierre où
il a cru bon de le construire. Sous le soleil.
Je vois ses yeux briller.
Ferme les yeux, Mahmoud.
La vie est belle, mais elle est vide.
La balancelle danse, se mêlant aux nuages de plus
en plus sombres, aux broussailles entre la rive
et le sentier par où l'on vient, mais lui s'est installé
sur son siège en osier, a sorti son carnet et entrepris
de dessiner le lac, ses mouettes, ainsi que les trois cairns faits
de sable et de mica.
Il ne dessine rien d'autre.
Il tient son stylo légendaire au-dessus de la page,
mais il n'y écrit rien.
Il s'allume une cigarette.
Ferme les yeux.
Mon amour.
À présent je peux dire amour.
Peu à peu, se rendant compte qu'il chantonne
depuis un moment, il sourit et referme son carnet.
Se lève.
Place la barque sur l'eau.
S'y installe et se met à ramer.
Moi, femme des naufrages et des furieux requins,
je fixe la balancelle qui continue de danser avec, dessus, le
corps-fantôme de jeunes enfants.
Moi aussi, tu sais, j'ai aimé un homme.

Moi aussi, j'ai été amoureuse.
C'était un homme qui n'était plus tout jeune,
car avant de me connaître, il avait eu une vie.
Il s'était marié. Avait eu un enfant.
J'ai aimé cet homme comme jamais.
Comme tu as aimé toi aussi, avant de me connaître.
J'ai aimé les boucles de ses cheveux, son rire,
sa façon de ne pas se soumettre. Sa liberté de ton.
Sa folie. La douceur de son écriture, son mordant.
Je l'ai aimé quand il a commencé à se dégarnir et
à porter (cela lui est passé) des casquettes de base-ball.
J'ai aimé qu'il soit là pendant toutes ces années, même
quand je voyais qu'il n'était pas présent,
parce qu'il pensait constamment à ses livres.
Écrire le dévorait.
Il y mettait sa vie.
Or écrire, je pensais, non, j'en étais sûre comme
on est sûr de porter la vie, doit être une chose simple, ou
alors elle est intenable.
Comme vivre et comme aimer.
Mais il ne l'entendait pas de cette oreille.
Ses yeux devenaient noirs comme la nuit quand
il était dans son travail. Il ne fallait pas le déranger et,
souvent, il s'en allait de lui-même, loin des enfants et
moi, pour écrire à l'air libre.
Ne plus peser sur rien.
Ne pas blesser le monde.
Il voulait devenir un homme d'extérieur et moi,
tout ce temps, je me retirais pour fumer car c'était
là, pour étrange que cela soit, que je trouvais la liberté.
Dans ces minutes loin de lui et des enfants.
Femme-feu, noyée dans le non-lieu.
Sans rien d'autre que moi et mes pensées.
Je ne t'en ai jamais parlé. Non. Mais je sais que
tu sais, Mahmoud des eaux et des regrets.

À l'époque, je n'avais jamais vu autant de force chez
quelqu'un. Tu ne reculais devant rien. Un miracle,
la liberté n'ayant rien d'un sport national
par chez nous.
Ailleurs, elle est sur toutes les bouches.
Chez nous, elle coud les lèvres de ceux
qui en parlent.
Car telle fut la devise de nos dirigeants :
nous changer en moutons doublés de pauvres ignares,
afin de pouvoir nous manipuler à leur guise,
qu'il pleuve ou qu'il vente.
Si bien que lorsque l'homme que j'aimais (toi, idiot,
oui!) a dévié de la route des cases du parti, on l'a jeté
en prison.
Moi non plus, je n'oublie rien.
Quand il en est sorti, la lumière avait déserté
son regard, il ne parlait pratiquement plus.
Il emmenait les enfants au lac.
Il les installait sur sa barque.
Ensuite, ils pique-niquaient et chassaient
les mouettes avec toutes sortes d'armes fabriquées main.
Il s'efforçait de rire.
Et eux aussi riaient, ne se doutant pas un seul
instant du gouffre que cache parfois le rire d'un père.
De ses envies de se défenestrer.
De sa rage.
Les coups qu'il se donnait pour punir et bannir
la violence que la prison avait semée en lui.
L'abrutir.
Sa façon d'ahaner, sitôt qu'il montait à l'échelle
pour cueillir les fruits du prunier.
Les nuits où je le retrouvais en larmes,
fixant son stylo comme le dernier ami à qui
il pouvait se confier.
J'ai eu peur de cet homme, Mahmoud.

Et pourtant lui aussi je l'ai aimé follement.
À présent, c'est un vieux sage.
Elmachi!
On le dit fou.
Mais je l'aime encore, car je le reconnais.
Rien n'a changé.
Pour l'heure, je marche à ses côtés dans les vieilles rues
d'Alep. Sa main chaude sous la mienne et
ses grosses lunettes de soleil que je n'aime pas
et n'ai jamais aimées, sombres comme les yeux
des morts.
Je suis place Saint-Sulpice et le regarde signer
ses livres pour ces fiers Parisiens massés tout
contre lui.
Il rit.
Il parle aux Parisiens de nos trois jeunes et beaux
enfants.
Brahim, Salim et Nazifé.
Il dit leurs noms.
Il les répète en continu et me viennent des
buissons de lumière partout dans la poitrine.
Puis il me fixe et me présente à eux.
Ma femme, Sarah.
Il me présente à eux qui ne comprennent qu'à moitié
ce qu'il raconte.
Il leur lit un de mes poèmes (oui, à moi, femme du poète
Elmachi) où je dis que les mots sont la main visible du
silence, la forme qu'il revêt pour être compris de nous.
C'est elle qu'il faudrait lire, dit-il.
Sarah.
À nouveau, mon nom.
Et soudain, le siècle brille.
Je le regarde.
C'est lui.
Il entasse des pierres sur la plage et je lui parle.

Je n'arrête pas de lui parler.
Amour, dis-je.
Rentre avant la tombée du jour.

Près du prunier

6

Tout est calme.
Je retourne sous l'eau, descends vers le café Farah
dont il ne reste rien.
Qui sait si ce que je vois, un autre le verrait?
Je suis dans la mémoire des choses.
Au commencement de tout.
Ce n'est pas moi qui observe le lac, mais lui,
lui qui fixe la surface du monde, ses plantes,
ses arbres fruitiers et les fourmis des sables.
Mon visage raviné.
Il écoute aux portes de nos vies.
Il comprend.
Moi, je ne comprends pas ce qu'il murmure,
mais je sais. Il témoigne.
J'ai écrit des livres, été invité dans différents pays
où je me suis surpris à faire le paon, j'ai perdu Leïla et notre
petite fille, et malgré ça, je suis infoutu de décrypter les
paroles d'un lac.
Triste monde humain.
Je sauve un papillon de la noyade, mes doigts dans
les algues comme d'autres algues, de fins poissons.
Puis je ferme les yeux et je descends, descends
jusqu'à ce qu'il n'y ait plus aucun bruit sauf celui
de l'eau contre mon cœur, l'eau qui me respire

et me console comme seule le peut une mère.
Nageant, je redeviens l'enfant.
Mahmoud des prairies.
J'entends Mounir hurler sur moi qui suis le vent parmi
les bêtes de son troupeau, et qui les sème sur le sentier.
Je sens le parfum de maman, qui est une force
virevoltante, un vrai buisson ardent, mais dont
les nerfs aussi sont brûlants et ardents.
Je cueille une pêche près de papa, debout
sur l'échelle, qui cueille des fruits chez notre
autre voisin, Khamssieh.
Vieillir, c'est devenir l'enfant que plus personne ne voit.
L'enfant dont on dit qu'il a les cheveux gris.
Dont on attend des choses, promesses, gloires et
accomplissements, alors que tout ce qu'il souhaite,
c'est rester à jouer avec son bâton en regardant tomber la
pluie, les mains couvertes de boue.
Vierge de paroles et de tout clinquant.
Je suis vieux, Sarah-de-mon-cœur,
parce que j'ai sept ans tous les jours depuis sept
décennies, mais que personne ne le voit.
Parce que je suis ici, chez moi, près de l'ancienne
magnanerie.
En ce moment, le secouant comme un prunier,
maman bombarde papa de questions sur ce qu'il pense,
dans l'ordre :
1. de la menace d'Israël
2. de la nouvelle école où je suis censé entrer l'an
prochain
et 3. de la manière dont elle devrait s'y prendre pour
couper correctement cette branche de cerisier.
Elle lui reproche de ne pas être avec nous, au beau
milieu des choses. Elle dit de lui que c'est un homme
volant, un ballon de baudruche. Et elle lui jette des
ordres et les pierres du reproche pour le rapatrier

jusqu'à nous.

J'ai sept ans.

Papa est allongé contre maman.

Il tient sa main.

Ils se sont apaisés, réconciliés.

Papa est un homme bon et doué pour la vie, quelqu'un
pour qui le temps n'est pas source de problèmes mais
d'éblouissements.

Tenant la main de maman, il chante Verdi. *Solenne
in quest'ora,* son air préféré.

Et il n'y a aucune plainte dans sa voix. Aucun regret.

J'ai huit ans. Le carré de la façade brille au soleil,
surmonté d'un triangle de bois mangé par la vigne.

La porte est ouverte, les fenêtres aussi. Maman plie
le linge. Elle chante, mais ses doigts la démangent à
chaque fois qu'elle plie le linge.

Alors, elle ne chante plus.

Papa, lui, fait du rangement. Il installe les livres de
poésie sur le seuil, au soleil. Je n'aime pas la poésie
mais, quand il la lit, la maison chante. Tout se met à
danser. Moi, ma tête gonfle. Ne lis plus, papa. Continue
s'il te plaît. Maman sourit. Elle pense aux pâtisseries de
tante Anaïta, qui nous attendent dans le jardin et dont
elle dit toujours que je peux les sucrer « à volonté ».

Sucrer les choses « à volonté ».

J'aime bien quand elle dit ça.

Tout est là.

Il suffit de palmer.

Nos concours de lancers de noyaux avec elle, son rire
(une cascade de rires), les moutons de Mounir broutant sur
le pas de la porte, indifférents à nous et comme toujours en
train de mâcher du chewing-gum,

grand-mère qui prétend que le sucre de mélasse est
excellent pour la santé,

mais pas autant que le lait des chèvres, dont elle

dit qu'elle en boit trois litres par jour depuis trente ans,
ce pourquoi elle est si fringante!
Elle rit! Elle embrasse la lumière.
Moi, assis sur la margelle de pierre à l'entrée du couloir, je
respire l'odeur de la maison.
La même qu'hier, la même qu'au premier jour. Une odeur
comme une vague composée de centaines de milliers
d'autres vagues, centaines et milliers d'autres odeurs
nécessaires pour former ce parfum unique : le parfum d'une
maison. Des odeurs d'anis, de fiente fraîche collée aux
légendaires babouches de papa,
de cette drôle de poudre à lessiver, de cette façon précise de
cuire le riz dans telle casserole plutôt que dans telle autre, de
comment maman avait l'habitude de laisser sécher les dattes
sous la pendule à coucou de grand-père, avant de monter
étendre les fleurs de sa robe de nuit sur le sommier, de tous
les mots qu'ils y ont prononcés, et de comment ils le firent,
de la douceur immense de papa et du temps
de cuisson des poulets de Khamssieh,
de leur marque de dentifrice, la même, toutes ces
années, des centaines de milliers de repas pris à cette
table toujours éternellement parée de petits carreaux
dorés, de l'odeur du chandail de tante Anaïta, soi-disant
incapable de ronfler mais qui ronflait comme nulle autre en
ce monde, des tremblements inquiétants et des roulements
de tambour de nos nuits, de l'arak,
de la menthe, du courage, de la peur.
Je ne vais pas remonter, Sarah.
Je vais rester encore un peu.
Attendre que tu viennes, toi, que tu viennes me
chercher.
Ensuite, on rentrera chez nous.
Une maison d'air, sans têtes coupées.
Sans morts.
On dormira et on veillera comme on l'a fait pendant

des siècles, avant que tout ne soit changé en ombres.
Tu te souviens comme la vie peut durer des siècles ?
Sous les azéroliers, on fera le feu des vivants à la joie
revenue. Salim parlera de ses lubies du moment.
Il récitera le nom des rois de Perse, des tyrans,
des guerriers et guerrières séparés de leurs enfants,
et de ces mêmes enfants perdus, sans personne pour
les protéger.
Brahim, qui lui dira que c'est un idiot, sortira le ballon
acheté au marché et décochera des tirs tous azimuts.
Et moi, je serai le gardien. Tu vois ? Je laverai ses
chaussures à la brosse dans le seau devant l'entrée,
et ses chaussettes à rayures sentiront bon le linge
qu'embrasse le vent.
Viens !
Que nos rires replongent l'un dans l'autre.
Qu'on se poste à nouveau sous les arbres et qu'on y
dégoupille de grandes bouteilles de vin !
À Salim, on donnera les gâteaux qu'il aime et
qu'il serrera de toutes ses forces, comme il serrait le pis des
bêtes. Après quoi, rieur, on l'entendra hurler que Nazifé a un
chat dans la gorge, alors que lui a un
éléphant dans le ventre ! Il claironnera « quand j'étais
grand » ou « quand j'étais ton père », affirmera faire de
grands voyages, y avoir vu des lions et avoir appris de ces
derniers que, si on ne les ennuie pas, ils ne nous ennuient
pas non plus. Enfin, il dira que la maman du chat de la
voisine, ce n'est ni ce chat-ci, ni ce chat-là, mais la voisine
elle-même. « Mounia, hurlera-t-il, Mounia est la mère de
Kiwi ! »
Quant à Nazifé, elle sera lucide comme ce jour où, voyant
Bachar ânonner un de ses premiers discours à la télé, elle
se tourna vers nous en déclarant qu'il nous mentait, et ne
méritait pas qu'on l'écoute, car son nom véritable était « Le
monstre* » et pas « Le lion », el-Wahch et pas el-Assad.

49

Ce qui est vrai.
Elle sera comme ce jour, Sarah,
lucide comme ce jour-là.
Pardonne-moi.
Je vais rester ici encore un peu.
Au fond.
À l'origine de tout.
Périr enfant, jeune homme, près des champs
de mon père.
Monter au ciel en barque en tenue de jogging,
avec des cheveux courts fraîchement embrassés par
grand-mère. Avant que les corps de nos trois enfants
me soient rendus.
Avant la fin.

Devant la pierre du four à pain

7

Le ciel est clair.
Le soleil vient de se lever.
Je protège ma tumeur en posant dessus des ronds
de fumée bleue.
Je bois mon premier café.
Mon âme dort toujours.
Je suis bien.
J'attrape un petit poisson,
que je grille et je mange.
Après quoi, je saisis mes palmes, mon tuba,
laisse ma barque et m'éloigne de tout : je plonge.
Ces jours-ci, à mesure que je palme, je fais souvent
ce rêve qui se passe ailleurs.
Ce ne sont pas des quartiers que l'on connaît.
Ce n'est même pas notre pays.
Les petits sont avec moi.
Dans la rue, une rue que je ne connais pas, des hommes
courent avec d'immenses ciseaux et tranchent chacune
des têtes qui dépassent des fenêtres.
Je serre les enfants contre moi.
Les hommes sont déguisés comme pour un carnaval
et ils coupent les têtes mécaniquement, sans broncher,
lesquelles tombent comme des branches soufflées.
Comme les tartelettes blanches de ces fleurs dont j'ai

oublié le nom, mais que maman cueillait dès la venue
du printemps.
Au bout d'un long moment, je finis par trouver une
ruelle où je cache les petits. Je leur dis de m'attendre.
Je leur dis que je reviens.
Attendez sagement votre papa, je leur dis. Papa revient.
Je prétends que tout va bien, que tout est sous contrôle.
Je vais juste acheter des glaces, dis-je, quatre belles et
bonnes glaces et je reviens.
Et disant cela, je m'éloigne sans les perdre de vue, Nazifé
et ses nattes,
et Brahim et Salim, eux, avec leurs vareuses à rayures
bleues et rouges du FC Barcelone,
leur club fétiche.
Tu reviens, hein? dit Nazifé.
On ne bouge pas, dit Brahim en me faisant « ok »
avec son pouce aussi mou qu'une limace de mer.
Quand je reviens, ils sont figés dans des blocs de glace
et ne reste que leurs têtes.
Leurs corps ont disparu.
Pourtant, ils me regardent comme si rien
ne s'était passé.
Papa, tu as les glaces?
Papa, tout va bien?
Que veut dire ce rêve, Sarah?
Pourquoi n'en ai-je pas fini avec lui?
Pourquoi n'ai-je pas fini de le rêver?
Quand on perd un enfant, ou plusieurs enfants,
on ne peut plus avoir un buisson de lumière dans
le cœur, je le sais. On ne peut plus avoir
qu'un ridicule morceau de joie.
Et on se sent détruit.
Voilà pourquoi je ne suis pas en paix,
pourquoi je n'arrête pas de les nourrir.
Non, pas des tartines à l'huile d'olive et au fromage

de chèvre comme tu le crois, mais à la culpabilité.
Je nourris nos enfants en songeant que nous sommes
enfermés dans un rêve dont personne n'a la clé.
Quelquefois, il n'y a pas de coupeurs de têtes.
Mais des coupeurs de corps.
Et d'autres fois, ce sont des quartiers que l'on connaît
et toi aussi, tu es à mes côtés.
Devant ces cubes enserrant la tête de nos enfants.
Une phrase qui donne mal à la tête.
Aimer donne si mal à la tête.
Tout finit emporté, en bout de course.
La mort chante dans le gosier du rouge-gorge.
La mort est responsable de la beauté de l'aile du
papillon.
La mort parfois cueille du basilic.
Parfois elle est assise dans l'ombre, à nous regarder.
Et nous le savons tous.
Je devrais réécrire ce poème.
Avec d'autres images.
Je n'en ai plus la force.
Je ne peux que fermer les yeux et me souvenir,
une main dans mon amour de toi et l'autre dans
le regret.
Écrire demande folie et foi.
Moi, il ne me reste rien.
Que le chic-chac de Bachar, de sa kleptocratie.
Le chic-chac des barbaries universelles
et des coupeurs de têtes.
Passe-moi la grande marmite aux ailes
de poulet noyées dans le sirop, veux-tu?
Resservons-nous en vin!
Du vin de Bourgogne!
Le meilleur!
Voilà ce qu'est vieillir.
N'avoir plus d'endroit où cacher sa douleur.

Pourrir dans une eau noire qui monte
et inonde tout.
Il faudrait que je replonge.
Elmachi!
Il faudrait oublier, m'asseoir sur la margelle, parmi
la claire odeur d'if et de bois fumé, la même que quand
maman séchait le linge sur la pierre du four à pain,
et la revoir, oui, revoir ma mère à cet endroit, devant
la pierre du four à pain.
Cache-toi, dirait-elle.
Les combats ont repris.
Fils, cache-toi.
Mais je n'en fais qu'à ma tête et me glisse sous mon
masque, là où je m'abrite quand il pleut, ou quand le
soleil appuie trop fort ici, sur cette tache de lumière
par où je périrai.
Ensuite, je fixe la balancelle et je la lance en l'air.
Bien qu'il ne me reste que la peau sur les os.
Regarde, mère.
Vois le peu qu'il me reste sur les os!
Et j'expédie la balancelle, très haut!
Je m'agenouille contre le mûrier où je puise
mes fruits de poussière.
Je sais que des soldats les ont touchés,
mais je les mange quand même.
De même, je sais qu'il n'y a plus d'espace
quand je suis ici.
Ne reste que du temps.
Du temps et du souvenir, ce pour quoi je ne peux
pas mourir, Sarah.
Pas encore.
Ma tête tourne.
Je deviens fou.
Une eau nommée souvenirs.
Au-delà des mers il y a une ville

Dans laquelle les fenêtres sont ouvertes sur
l'éblouissement
Quelle bêtise !
Si seulement les vers écrits dans le passé pouvaient
sauver le présent.
Ce qui compte, c'est le ciel.
Ce sont les tartines des enfants.
Et que tu saches que je t'aime.
Depuis hier, les combats ont repris (il montre les quatre
points cardinaux et fait de grands gestes en tous sens,
comme pris d'étourdissements).
Je les entends, tu sais.
Au milieu des tirs, ils m'appellent.
Salim, Brahim et Nazifé.
Aide-nous, papa !
Les ciseaux, maintenant nous avons vu les ciseaux !
Aide-nous, petit Père !
Qui sait si ce qu'ils me disent, un autre l'entendrait ?
Fou.
Une quasi-loi physique pour qui occupe
le monde comme je l'ai occupé.
La corde ou la folie, Sarah.
Alors, je frotte du sable entre mes mains.
J'en fais une boule, crache dessus
et la jette dans l'eau.
À la surface.
Et je suis incapable de dire ce qu'elle va devenir,
si le sable va se ressouder pour former autre chose,
ou se défaire et se désagréger.
Je ne sais pas.
D'un homme qui coule non plus on ne peut dire
s'il se transforme ou se désagrège.
En tout cas, ma barque bouge, elle dévie vers l'aval où
tant de choses sont emportées, drossées par le courant.
Où d'autres le seront encore.

Je tremble.

M'allume une cigarette en fixant le ciel.

Si les petits étaient là, on jetterait le filet de pêche
et recueillerait la fraîche beauté.

On boirait l'arak.

Et tant pis si tu ne veux pas.

Si tu n'aimes pas.

Je pense à eux.

Où vont-ils ?

Quel ciel, quel songe et
quelle douleur ?

Combien de temps dure l'épreuve ?

Ma barque file.

Elle glisse.

Demain, elle s'écrasera sur le flanc du barrage
et, de ses arêtes, les djihadistes feront des pilums
pour nos têtes.

Vous êtes le professeur de lettres, c'est ça ?

Je me retourne.

Un instant, un frisson me parcourt le corps.

Non, Leïla, je suis seul et perdu de ce côté du jour.

L'ami sage du bouffon Karakoz

8

Elmachi!
Ils sont deux ce matin.
Badr, mon ami, et un autre soldat,
que je ne connais pas,
que je n'ai jamais vu.
Un petit homme trapu.
La langue mauve d'avoir été mordue.
Tous deux des Forces démocratiques.
Je l'aime bien, Badr.
C'est lui qui me fournit en cigarettes et qui
m'apporte de quoi agrémenter les tartines
pour les petits.
Et pour moi : olives, dattes et…
Tu dois manger, vieillard! me dit-il à chaque fois,
lui qui est le seul à ne pas me prendre pour un fou
et à bien vouloir s'asseoir face à moi.
Lorsque je suis à l'eau, près de la mosquée d'antan, occupé
à me souvenir et me ressouvenir, il empoche le billet que
je glisse sous la pierre, devant la balancelle, puis il pose les
vivres dans le cabanon et disparaît.
Tel est notre accord avec lui.
Comment puis-je t'aider, vieillard?
Il est là, penché sur moi comme quelque figurine
du théâtre d'ombres damasquin*, sa moustache courbe

passée à la cire semblable à celle d'Eywaz,
l'ami sage du bouffon Karakoz.
Tu aimais tellement le théâtre d'ombres, Sarah.
Il pose sa main sur moi comme je le fais avec
les arbres mitraillés,
et me regarde droit dans les yeux.
Tu as maigri.
Encore plus que la dernière fois.
Et ta tache…
Il s'arrête.
Palpe mon bras.
Pendant que le type qui l'accompagne s'approche
et me demande ce que je fais ici,
ce que je cherche.
Il m'offre une cigarette.
Moi, je fixe sa langue.
Sous la flamme du briquet, son visage est une grotte
pour la douleur, sa langue morte.
Le remerciant, je fume en regardant le chêne où
j'ai fixé la balancelle, mon vieux chêne blessé par
des balles anciennes. Puis les chênes plus petits, autour, qui
eux aussi vont grandir et grossir avec
des éclats dans le ventre. Et qui en pourriront ou qui feront
avec, comme nous, qui contournons le mal
avec nos pauvres moyens.
Je me tais.
Je touche mon avant-bras.
Il me fait mal.
Mon vieux chêne, les grosses auréoles
noires que les éclats y ont formées.
Lui aussi me fait mal.
Comment puis-je t'aider?
Badr pose sa main sur mon épaule.
Je l'entends me parler.
Elmachi!

58

Tes cigarettes.
Ton fromage de brebis.
Ton pain, ton eau.
Mange !
L'autre acquiesce.
Badr sourit.
Les combats ne sont pas près de s'arrêter, dit-il.
Il m'offre une autre cigarette, se gratte la joue.
Et nous sommes là, mon cœur, assis tous trois
dos à la balancelle, fumant en regardant Qal'at Ja'bar*
qui seule émerge à la surface des eaux.
Tu te souviens de Qal'at Ja'bar ?
On y faisait des pique-niques.
À présent, c'est une île.
Ce n'est plus rien.
Tout passe, tout finit arasé.
Agenouillé près de moi, Badr trempe un morceau
de pain dans un reste d'huile ou une chose douce,
épaisse, qui y ressemble.
Ouvre la bouche, Elmachi !
Je l'aime bien.
Mais si seulement il me laissait en paix.
Demain, lui aussi sera mort.
Comme les soldats de ces mêmes Forces démocratiques,
massés dans leurs camions.
Moi, je fumerai mes doigts.
Mangerai mes mains.
Allongé sur le sable devant mon cabanon, mon bunker.
Poussière pour la poussière.
Quant aux poèmes que je sais, ils planeront dans l'air.
Et cela n'aura plus aucune importance.
Plus personne ne sera là pour les entendre.
Les soldats tomberont les uns après les autres.
Elmachi, cesse de pleurer. Mange !
Il me retire ma cigarette.

Ça ira. Tu dois simplement penser à te nourrir.
Il me fait boire.
Doux, très doux.
Sans me blesser.
En même temps, il évoque leurs morts
et leurs avancées.
Tout ne fait que commencer, vieillard.
Et moi, comme à chaque fois, je me tourne
vers lui et lui demande s'il les a vus,
s'ils ont vu nos enfants, Sarah.
Je les décris.
Celui qui sait les capitales.
Je dis leurs noms.
Celui qui a la rage.
Celle qui crée et comprend.
Dire leur nom, Dieu ce que dire leur nom me fait mal.
Elmachi…
L'autre aussi, je l'aime bien.
Sa langue est aussi apeurée que la mienne.
Bats-toi à nos côtés ! dit Badr.
Puis il éclate de rire.
Je blague, vieillard, tu ne ferais pas le poids !
Tâche seulement de t'accrocher et dis-nous
un de tes poèmes.
Alors, je m'exécute.
L'autre m'écoute.
C'est la première fois qu'il m'écoute.
Ses yeux sont clos.
Pas les miens.
En prison, je n'avais ni feuille ni stylo.
Te l'ai-je dit ?
Alors, j'ai écrit sur les murs
avec mon doigt taché de salive.
J'ai écrit sur le sol, avec des restes de faïence venus
de je ne sais où.

Mais ça ne suffisait pas.
La salive sèche et la faïence se brise.
C'est pourquoi j'ai fait ce que j'ai fait.
Tracer des lettres dans ma tête et m'efforcer de les
mémoriser.
Tous les jours et toutes les nuits.
J'écrivais. J'ai écrit.
Cela non plus je ne t'en ai pas parlé.
*La fraîcheur d'une grotte, une hutte cachée au fond
d'une vigne, un abri dans un champ, une tranche de
pain d'orge et de l'eau du puits. C'est de là que tu viens.
Tu t'es égaré. Ici c'est l'exil.*
Des poèmes qui ne laissaient pas de trace,
qui ne me seraient pas repris.
Des centaines de millions de poèmes écrits
dans le huis clos de mes pensées.
Dans leur souk !
*Ma Kaaba est tout au bord de l'eau,
Ma Kaaba est sous les acacias,
Ma Kaaba est comme la brise, qui passe de jardin en
jardin
Et court de ville en ville*
Là-bas, un ami détenu disait que la poésie
lui servait à emprisonner la prison*.
C'était juste.
Même si en ce qui me concerne, je n'y suis jamais
parvenu.
Mes poèmes ne sont pas des poèmes.
Ce sont des vers remplis de peur,
et de rage et de peine.
Je fixe Badr et l'autre type.
Il pleure, il pleure en m'écoutant chanter.
Puis il me fourre un bout de pain en bouche.
Se lève.
Et tous deux me saluent.

61

Merci, vieillard !

Regarde-les, maintenant. Tous les deux, ils s'éloignent
vers l'autre rive, remontent dans le camion et filent
mordre la poussière.

Pourquoi les choses bougent-elles toujours ?

Pourquoi le temps bouge-t-il lui aussi ?

Moi, immobile quand tout flanche, je fixe la flèche
de Qal'at Ja'bar.

Je pense à Nazifé. Elle disait qu'on se sentait
comme à la mer quand on grimpait à Qal'at Ja'bar.

Tout était tellement vaste vu de là-haut.

Un lac grand comme la mer.

Elle me donnait la main,

et moi je sentais l'ombre,

l'ombre que je limais à même les barreaux de ma cage,

l'ombre de la prison.

Je regardais le lac.

Libre,

mais prisonnier.

Oui.

Un père libre, prisonnier,

réduit à la parole de l'eau,

de l'air et du soleil.

Heureux, à sa façon.

L'eau est froide, ce midi.

Le courant de plus en plus fort.

Pas la force de plonger.

Je pense à Leïla.

À ma petite fille mort-née et aux temps
des travaux d'aménagement de ce maudit barrage,
avant que le lac ne nous dépouille.

On n'avait pas trente ans et,

durant tout un été, Leïla et moi,

on regarda passer les caravanes d'ouvriers
constamment en action.

Un de ces bazars!
Camions, grues!
Onze mille ouvriers et ingénieurs!
Trois services de huit heures!
Si bien que le chantier tournait en continu,
vingt-quatre heures sur vingt-quatre!
Non-stop.
Et par-dessus le marché, un Ministère du barrage
de l'Euphrate, en provenance d'Alep, coordonnait
le tout.
Ça ne s'arrêtait pas.
Pas de repos.
Israël répondait à nos provocations en nous arrosant de
bombes? Qu'à cela ne tienne! Le chantier continuait!
Rien que pour le remblai, c'était comme s'ils avaient
pulvérisé la lune en mille morceaux!
Mais tout était normal, pour eux.
Ces travaux n'étaient que le symbole
des transformations de la Syrie baasiste*. Aucunement
un délire mégalo.
Mes enfants, disait le Président.
Et il continuait en parlant de ses rêves de prospérité.
Une Syrie fertile. Une Syrie pour tout le monde.
Une Syrie moderne.
À ce point moderne et pour tout le monde que, avant
d'entamer les travaux, des missions se pointèrent
en provenance des quatre coins du globe, roulant comme
des vagues et se pressant en amont de Tabqa afin de
fouiller nos terres et les passer au peigne fin de leur savoir
archéologique.
Une mission américaine.
Et une française.
Une allemande, conduite par un dénommé Ernst
Heinrich, puis par une dénommée Eva Strommenger.
Et une américaine, une autre, dirigée par Madame Carter.

Une autre française.

Une syrienne, en partenariat avec l'Italie.

Une hollandaise, une suisse, basée à Tell Hajj.

Et une belge, à Tell Qannas.

Des missions en provenance de partout, pour sauver
notre patrimoine, disait l'Unesco, lequel promettait à
ceux qui se retrousseraient les manches de repartir avec
quelques vestiges pour leurs propres musées nationaux, à la
fin des fouilles.

Étant donné les millénaires d'histoire en dessous de
nous, n'était-il pas temps de s'activer un peu ? De se
retrousser les manches ?

Leïla et moi, on regardait tout ça sans y croire.

Les routes n'étaient que sable et explosion de poussière,
tant les hordes se multipliaient, faisant resurgir les bruits
de sabots des troupes de Saladin, les odeurs de sel et
d'épices des marchands sur la route de la soie, des nuées
de zoroastriens et de chrétiens de l'époque où l'islam
n'était qu'un songe endormi, des croisés, des éléphants et
dromadaires d'Alexandre et de ses hommes, des nomades
perclus de fatigue.

C'était toute notre histoire qu'ils exhumaient.

Tout en nous la volant, bien sûr.

Chaque jour, ils débarquaient avec leurs jeeps et
leurs outils de scientifiques, tandis que nous, ignares
sur nos pierres en bordure de chemin, nous les
regardions creuser les tells, exhumer des tombeaux
et découvrir des vestiges prouvant que l'homme,
des milliers d'années avant nous, modelait des figurines de
déesses de la fertilité et ornait ses maisons de charmantes
peintures rouge et noir.

Des petites maisons en pisé, très souvent rondes,
et dont certaines gardaient les cicatrices des
flammes et incendies passés.

Sous nos yeux, ils firent sortir de terre des tablettes

cunéiformes, des statuettes en bronze ainsi que des
cachets du roi de Karkemish.
Fouillant le tell Mumbaqat, ils découvrirent une ville
fortifiée du 1er millénaire.
Ailleurs, une rue entièrement pavée, de l'époque
byzantine. Même les huit mètres de haut du minaret
d'Abu Houreira, ils les saucissonnèrent en tranches
horizontales de huit tonnes chacune, avant de les
acheminer jusqu'en ville où, une fois recollées sous
les applaudissements du service de restauration
de la Direction générale des antiquités et des musées
de Syrie, ils les réimplantèrent dans un jardin public.
Et tout cela, mon amour,
tout cela se trouvait en dessous de nous.
Muet, comme tout ce qui compte et souffre en ce monde.

Je devrais la montrer au médecin

9

Le monde bouge, le ciel bouge.
Moi, Mahmoud Elmachi, je suis là.
J'égraine une grenade sur ma barque
qui danse au milieu de l'eau.
Le cœur serré, je pense à eux.
Où sont-ils ?
Sont-ils ensemble ?
Quelqu'un tire-t-il sur eux
en ce moment où je parle ?
Et eux, sur qui tirent-ils, s'ils tirent ?
Quel est le sens du combat ?
Par où se battre ? Pourquoi ?
Je les revois, à cinq ou six ans,
curieux petits êtres courant partout,
et déjà pleins de jugeote.
Salim connaissait les capitales de tout l'Orient
avant même d'entrer à l'école. Comme s'il était venu
au monde lettré ! Le soir, on le retrouvait en train
d'éplucher les grands livres illustrés dont je me servais
pour mes leçons, après mes années de prison, non loin
de cette sinistre Tabqa où j'étais tenu d'enseigner.
Il voulait tout savoir. Le nom des mers et des pays du
monde. Les coutumes des gens du Grand Nord. La hauteur
de leurs montagnes et les noms de leurs enfants. Les

attaquants stars des clubs de foot européens. L'impact d'une balle de fusil sur un pétale de rose.

Je le revois pleurer, au détour d'une de ses lectures de l'encyclopédie, le jour où il apprit que le cri du homard était de la douleur, le cri de l'ébouillantage. Il en fit des cauchemars trois semaines durant. Précoce, il marchait à onze mois et utilisait, dès quatre ans, des formules dignes de vieux grammairiens.

Brahim, lui, ne tenait pas en place. Il cassait et déplaçait tout. En constante expansion, il courait, traversait la route en sprintant, crapahutait dans les rochers, chutait et se relevait.

Avec leur petite sœur, dont le caractère mixait les deux, c'est ici que l'on s'asseyait (il montre une grosse pierre à quelques mètres des eaux).

« C'est ici », commençaient toujours mes histoires.

C'est ici, par exemple, que le vieux Khemssieh fut frappé par la foudre.

Ils buvaient mes paroles !

Tu aurais vu leurs têtes !

C'est ici, avant que son excellence
notre Président décide d'y faire cette chose
(leurs yeux s'écarquillaient, Sarah, je leur indiquais
la direction du barrage), que le monde a poussé son
premier cri.

Oyez ! entonnais-je en prenant une voix soudain
outrageusement grave, c'est ici, dans le bassin de
l'Euphrate, que nous avons cessé d'être des prédateurs
qui chassent et qui cueillent, pour devenir des
prédateurs qui cultivent et construisent des villes…

La ville de Mormorik ! disait Salim.

Celle d'Abattum ! ajoutait Nazifé.

Le royaume de Tutul ! disais-je à mon tour, tandis que
Brahim balançait des pierres sur la mer de nuages.

Je faisais de grands gestes.

Même Yamhad, ajoutais-je, dont l'influence
s'étendait jusqu'ici !
Ils se marraient.
Conduis-nous au barrage, papa ! S'il te plaît.
Le barrage, Sarah.
Ils ne juraient que par ça !
Pour Brahim, il ressemblait à un cheval géant.
Un cheval de Mamelouks. Un grand cheval à la crinière
d'écume. Salim, lui, imaginait un prince le chevauchant, le
prince du ciel et des eaux. Un beau seigneur à la cape d'or,
ajoutait Nazifé. Pas un soldat, hein. Un gentil géant, gardien
des eaux et des vallées.
Ensuite, on restait là, à cuire au soleil comme tes chers
yalanji*, ceux que tu préparais pour les fêtes.
Tu craignais toujours qu'ils prennent froid ou qu'un
malheur arrive.
Alors, on se baignait sans te le dire.
De belles années.
Et maintenant…
Je termine ma grenade en fixant l'eau et le ciel.
J'aperçois des poissons, toutes sortes d'amphibies
et de la mousse qui, elle aussi, est encore la vie.
Un sac en plastique, pieuvre blanche au ventre luisant.
Je hisse la barque sur le rivage, la range sous l'auvent,
puis m'installe dans le cabanon pour inspecter ma tache.
Elle est de plus en plus grosse et me fait mal.
Je devrais la montrer au médecin. Si j'avais encore quelque
espoir, oui, c'est ce que je ferais.
Prendre la voiture, descendre jusqu'à la ville et la montrer au
docteur Waïkiki, comme l'appelaient les enfants.
Il est trop tard.
Je suis de l'autre côté.
Dans le monde du souvenir.
Tout est là et tout est parti.
Qui a dit que vieillir, c'est oublier ?

J'ai rejoint la mémoire des choses, Sarah.
Chaque jour, je nage jusqu'à me revoir enfant.
Mahmoud des prairies, en courtes culottes.
Elmachi!
Si seulement ils savaient…
Au loin, mon père, âgé de trente ans.
Il court et me hurle dessus pour que j'arrose
les fleurs au lieu de les piétiner et les semer
dans le vent.
Je sens le parfum de maman, sa force virevoltante.
Dans le verger, je cueille une pêche pour toi, debout
sur une échelle – qu'est-ce que tu fiches sur une échelle? –,
tes fesses rondes comme deux pains aux noix de tante
Anaïta.
Tu chantes un vieil air de Verdi, le ciel est clair.
T'ai-je dit que mes cheveux ont blanchi?
Tout est clair, bel amour.
L'oubli est une seconde mémoire.
T'ai-je déjà dit ces choses?
Que dirais-tu que l'on se retrouve?
Que dirais-tu que je m'assoie sous le prunier?
Je divague, pardon.
Mais je n'invente rien.
Le visage de nos enfants, les jeux et les joies de Nazifé
à la belle chevelure. Tout est parti et tout est là.
C'est une chose curieuse.
Je peux les voir sauver la grenouille rousse dans la mare.
M'entendre hurler sur eux quand ils n'obéissent pas.
Et me revoir ici en train de terminer ce poème où je dis
que la vie, c'est être toujours mouillé.
Tout est là.
Toi aussi, mais ton corps est dans la maison avec tes
livres russes et tes occupations, ta lassitude de moi,
qui sait.
Sous l'arbre où je te retrouverai bientôt.

Est-ce cela, vieillir ?
Mieux voir hier qu'aujourd'hui ?
Mieux voir jadis que maintenant ?
Chercher à oublier mais voir tout revenir ?
Le passé est une bombe. Il explose.
Eux, c'est cela qu'ils nomment oubli, qu'ils nomment
vieillir.
Il bruine.
Tandis que moi, je sens des tas de choses bouger,
m'appeler et venir à moi. Elles bougent.
Et en même temps, de toutes petites particules mordorées et
à peine perceptibles dansent aussi,
mais au-delà,
au-delà de ces eaux noires où le passé resurgit,
au-delà de la mémoire. Elles dansent, Sarah, dans un lieu
où je ne peux ni les atteindre ni les toucher. Et pourtant,
quand je pense les avoir perdues et qu'elles me filent entre
les doigts, elles reviennent, tourbillonnant derrière mes
souvenirs, derrière la mémoire. Je les sens. Toute une galaxie
de particules insaisissables composées de millions et de
millions de moments, lieux, odeurs, douleurs, visages, mots
et silences qui ont rempli ma vie.
Tu dérailles, Elmachi !
Tu débloques !
Je m'avance vers le lac.
Mon tuba à la main.
T'ai-je dit que la vallée a... ?
T'ai-je parlé du village ? Du jardin ?
Les asters et les roses ? L'échelle en bois ?
Tout a péri.
J'ignore depuis combien de temps.
Tu débloques, vieil âne !
Tu devrais reprendre le chemin de chez toi et embrasser
ce qui compte, car les heures dont tu parles
n'existent plus.

Oui.
Mais c'est une sensation physique :
je ne peux pas quitter cette barque.
Les images remontent comme une mer,
et ton imbécile de mari est immergé dedans !

Une publicité pour la mort

10

J'ouvre les yeux.
Quelque chose vient de me frôler.
Une branche, grosse.
Elle dérive vers l'aval.
Au-dessus de moi, le soleil, la lumière,
mais ma barque, elle, n'est plus là.
Je n'ai plus d'air.
Le noir presque complet.
Il m'apaise.
Quant à ma lampe, elle s'est éteinte et, pour
la première fois depuis que je fais ce que je fais,
depuis que je plonge, je ne sais plus où se trouvent
les prés,
les fleurs, la mosquée, le haut et le bas, le café,
la maison, les moutons de Mounir, Verdi que chantait
papa.
Je tente de remonter, mais le poids de l'eau sur mon
flanc est comme un coup de poing. À chaque mouvement de
palme vers la surface, l'eau cogne contre mes flancs
et me fait replonger de plus belle.
Je dérive, Sarah, comme tant de choses.
Le courant me pousse.
Les poumons vides, je retrouve la lumière.
Je respire.

À croire que ton vieil Elmachi a une pile à la place du
cœur !

Au loin, ma barque.

Sa coque bleue.

À une trentaine de mètres, elle dévie elle aussi.

Pourquoi les choses doivent-elles toujours bouger ?

Même les atomes sont intranquilles.

Nageant plus vite, je finis par la rejoindre.

L'eau monte.

Bientôt, elle emportera tout et c'en sera fini du grand
cheval de Mamelouks.

Tais-toi, Elmachi.

Boucle-la.

Tu as froid et tu es épuisé.

Et puis tu ne manges pas assez.

Tais-toi.

Ressers-toi donc un pot d'arak.

Respire, veux-tu.

Et apprends à ne pas tant te plaindre,

tu nous fatigues.

Mais comment, Sarah ? Comment me taire si je ne
peux être sur tes genoux, sous la lune bercée par tes
chants ?

Comment taire la douleur ?

En sortant de prison, je ne parlais plus.

Je pense au suicide depuis un an, avais-je écrit dans le
journal de bord que je tenais. « Parfois, le suicide me
laisse en paix et je suis content. Mais d'autres fois, il
vient me voir et plus rien d'autre n'existe. Pas plus tard
qu'il y a un mois, j'ai disposé mes médicaments sur la
table du salon. Et le suicide m'a dit de les manger, puis
de fermer les yeux. Ce que j'ai fait. Après quoi j'ai écrit
une lettre d'adieu et me suis endormi. Depuis, un mois
s'est écoulé et je me demande : pourquoi le suicide m'a-t-il
abandonné alors que je lui tendais les bras ? »

C'est idiot, non ?
Mais ce pays est idiot.
Il est une publicité pour la mort.
J'ai longtemps hésité.
Me tenir debout, écrire des livres et me résoudre
à les publier, tout me semblait stérile.
Même nos enfants ne me retenaient plus.
J'avais perdu le sens.
La fameuse direction de la vie !
Et par-dessus le marché, le monde grouillait de mots.
Il était un poème saturé, dégoûtant.
Or c'est à eux, aux mots,
ceux que tu te mis à m'écrire au dos des factures d'électricité,
ceux que j'entendais dans mes rêves et
ceux que les enfants soufflaient à travers leurs jeux,
c'est à eux que je dois ma survie.
De temps en temps, le suicide revenait me voir.
Tout ce qui était à toi s'est perdu, me disait-il. Depuis ta
sortie de prison, malheur et joie se sont mêlés, Mahmoud.
Quel sens y a-t-il à vivre comme ça ?
Je te parle, Sarah.
Je suis là.
Devant le cabanon.
Je fixe les empilements de pierres
sur lesquels j'ai disposé les tartines des petits.
Eux aussi, il faut qu'ils mangent.
Mange, petite Nazifé.
Mange.
Je la revois, le jour où elle tomba malade.
Elle n'était plus exactement une enfant
– elle avait dépassé la vingtaine ! –,
mais moi, Mahmoud, je pensais que je ne pouvais
pas perdre une autre petite fille.
Je ne l'aurais pas supporté.
Quant à toi, tu ne dormais plus.

Car elle avait de la fièvre
et ne parvenait plus à avaler la moindre chose.
Un filet d'eau.
Le jus d'une poire, d'un concombre.
C'est tout.
Maigre, toujours plus maigre, notre Nazifé.
La vie se retirait d'elle.
Kilo après kilo,
oui, elle s'en allait.
Et puis un soir, tu te souviens?
Elle s'est redressée.
Et elle a mangé!
Un pain d'orge de chez Maya M.
et trois grands bols de fruits.
Le lendemain, elle se tenait devant nous avec
des yeux qui nous disaient « Mais de quelle maladie
parlez-vous? Je suis en parfaite santé, moi! »
Ses frères étaient partis.
C'était le printemps.
Ce fameux printemps!
Nous voulons la révolution de la vie!
Paix et démocratie.
Quel père refuserait ça?
Qui ne voudrait pas de ça pour ses enfants?
Ce jour-là, quand elle est descendue avec son sac,
son bandeau, sa gourde métallique et le fiel aux yeux,
elle nous a dit qu'elle allait se battre.
Comme ses frères.
Et tu sais quoi?
J'avais beau ne pas le lui dire, je savais que la maladie
qui l'avait frappée allait frapper le pays.
Mais qu'est-ce que le vouloir d'un père
contre la soif de liberté d'un enfant?
Alors, je lui ai dit d'être prudente.
Et que je l'aimais.

Puis nous l'avons accompagnée jusqu'au bus,
coupant à travers champs.
Par la fenêtre, elle nous a fait au revoir avec
le même sourire qu'avant, mais elle me parut vieille,
Sarah, ma fille et son sourire avaient vieilli. Voilà où
passe le temps. Puis j'ai agité mon mouchoir en pensant
que la vie est décidément bien courte et vide, une fenêtre
donnant sur un mur.
De retour chez nous, je me suis allongé contre toi
et nous avons allumé la télé.
Les jeunes hurlaient.
« Ton tour arrive, docteur*! »
« Bachar, ton tour arrive! »
Ils n'en pouvaient plus de ce pays!
Ils voulaient la révolution et juste la révolution!
Quant à moi, à l'instant où je sus que nos pauvres
mots ne seraient plus que le silence de nos enfants
partis, la nostalgie m'a pris. Comme une vague. Elle a
fondu sur moi et ne m'a plus quitté.
Ils avaient rejoint la foule,
la liberté que réclamait leur être.
Et nous, nous avons éteint la télé.
J'ai préparé le repas.
Nous avons bu.
Arak. Vin. Arak.
Puis je suis monté au lac réparer le toit du cabanon, plonger
et voir ce lieu où est ma vie, quelque part entre ici et ailleurs,
Sarah, *au milieu*, car trop près du réel on meurt, et trop loin
aussi.
Cette nuit-là, j'ai écrit tout ce que je n'avais
pas réussi au cours des mois passés. Que je m'étais
englué dans la boue. Mes errances, quand je ne pouvais
plus dire à quand remontait la dernière fois où j'avais ri, sans
penser à rien, qu'être là. Ou quand je ne pouvais plus mettre
un pied dehors, parce que les angoisses me crevaient le cœur,

76

et que j'en étais venu à la conclusion que je ne pourrais plus
jamais aimer. Ou quand, un soir, je m'étais entendu dire
qu'il n'y aurait plus de retour en arrière. Chaque jour de plus
en plus noir, l'expansion de la douleur. Pour tout le pays. Et
le vide est aussi une douleur, la plus grande, avais-je écrit.
Je ne pouvais pas dormir.
Des choses allaient se produire.
Je les sentais se profiler.
Tous ces gens, sur les places,
qui criaient leur dégoût.
Comme ils avaient raison,
et comme ils avaient tort !
Car avec l'Ophtalmologue face à eux,
comment s'attendre à de « bonnes » choses ?
Quoi qu'ils chantent, cela se retournerait contre eux.
Alors criez, enfants, mais soyez prudents,
car le mal court jusque dans son nom.
Je suis seul, à présent.
Et ma barque est partie.
Je pourrais prendre mon tuba,
mais je n'en ai pas le courage.
Tu entends ?
Ce sont des pleurs.
Sarah.
Je pleure parce que j'ai faim, d'une cigarette,
de t'aimer,
de te parler sur le kilim,
mais on ne s'entend plus dans toute cette guerre.
Soudain, un bruit me réveille.
Ils sont deux.
Je les vois.
La femme à califourchon sur lui.
Un homme de forte corpulence.
Un pêcheur.
Rien d'autre que ça, Mahmoud.

Un pêcheur et une femme, dans les broussailles.
Sois en sûr et cesse de voir toujours le mal,
vieil homme.
La femme est nue.
Ses cheveux sont dénoués et lui, planté en elle,
est secoué par des vagues de plaisir.
Il lèche la joue de la femme et, à cause du sable sur
sa peau, il dit qu'il a l'impression de goûter du corail,
une feuille de zostère, du sel.
Il déraille.
La femme ferme les yeux.
Ce n'est plus une jeune femme.
Ses seins sont lourds et ils bougent de plus en plus vite,
à mesure que lui…
Rien d'autre que ça, Mahmoud.
Une étreinte.
C'est tout.
Une étreinte amoureuse dans un pays en guerre.
Mais alors pourquoi porte-t-il un uniforme?
Et cette arme…
Tu dérailles.
Laisse tomber.
L'homme sue, grogne comme un cochon mais c'est
la femme que je regarde, qui est à quatre pattes et dont
les genoux s'enfoncent dans le sable,
la femme qui gémit, des plaintes courtes,
cris et re-cris pendant que lui…
Un pêcheur, Mahmoud.
Pas un soldat de l'État islamique.
Ce que tu vois n'existe pas.
Rentre te coucher.
Ce que je fais, me repliant ici avec ces vers
dont je ne sais plus si je les rêve ou si je les ai écrits.
Mais ce que j'ai raté, Sarah. Mais ce que j'ai raté, c'est
de ne pas avoir su te dire combien je t'ai aimée.

Arak aux lèvres

11

Il est assis à l'entrée de son cabanon.
Enfant sourd aux tirs et aux cris.
Il boit l'arak à la bouteille.
Le barrage fait l'objet d'une lutte incessante.
D'un côté, des fous qui veulent notre engloutissement.
De l'autre, des soldats des Forces démocratiques et de la
coalition, qui filent entre les balles afin de colmater
les brèches.
Les premiers hurlent, brandissent des drapeaux noirs.
Les autres se cachent et s'aplatissent dans la poussière.
Lui, sa chaise est tournée vers l'aval,
mais de là où je me trouve,
sur ce mince caillebotis menant de la terre à l'eau,
je ne peux pas dire ce qu'il regarde.
Si.
Il regarde au-delà.
Plus loin.
Il regarde avant et après.
C'est tout toi, Mahmoud.
Tu as toujours vécu comme ça, entre ici et ailleurs.
Tu écrivais tellement.
Tout ce temps à écrire...
Mon amour.
Pas de lunettes aujourd'hui.

Aucune plainte dans tes yeux.

De temps en temps, tu repousses la bouteille et,
de ta main droite, ta bonne main, tu traces des
lettres dans le vent.

Je ne peux pas lire ce que tu écris,
mais j'aime suivre le tracé de ta main.

Moi, je ne suis jamais allée aussi loin, je ne me suis
jamais livrée comme toi au poème, mais je l'ai connue,
cette solitude. La solitude de qui se risque à écouter
la voix des pierres,
l'isolement de l'eau,
je la connais.

C'est elle, à chaque fois que tu plonges,
ton vieux masque à la main, c'est elle que tu rejoins.

Le vide.

L'accession à l'oubli.

Ta main est solitude, Mahmoud.

Descends encore.

Plus bas.

Autrefois, les gens qui te lisaient disaient que tu avais le don
des images. Mais toi, tu me disais que tu ne voyais rien,
que tu étais aveugle. Mon seul talent consiste à m'effacer,
disais-tu. M'effacer en traçant des signes… Eux voient le
poète Elmachi, et moi je ne vois que l'oiseau que j'étais hier,
je ne vois que la fourmi en quoi m'a transformé ce poème.
Une vie à écrire. Tout ça pour me rendre compte que les
mots ne disent rien, qu'il n'y a rien au fond d'eux, qu'un peu
de silence. Et de paix.

Mahmoud.

Il faudra que tu rentres, tu sais.

L'eau monte et elle t'emportera.

Elle coulera jusqu'aux plaines de l'Irak, noyant
les femmes et les enfants, emportant les barques
des pêcheurs et le dernier rire des bergers.

Lentement, je me rapproche du cabanon.

Et toi, comme à ton habitude, tu ne remarques rien.
Tu ne vois pas mon visage lumineux.
Ne remarques pas mes yeux.
Ni ne peux me donner d'âge puisque
tu ne me vois pas et ne m'entends pas.
Puisque tu ne me touches pas.
Les quelques cheveux qu'il te reste sont blancs,
mon ange, d'un gris piqueté de nuit.
Tu es plus faible que l'autre jour.
Fatigué.
Vieux, mon jeune amour.
Voilà où va le temps.
Car lorsque tu chasses ce moustique en lui soufflant
dessus, délicatement, pour ne pas le blesser, tu es le
même qu'en mon souvenir.
Beau !
Les choses restent en suspens, finalement, comme
toujours. La vie passe et n'éclaircit rien.
C'est drôle.
Que je puisse te regarder ne t'effleure pas, alors que
je t'épie autant que je le souhaite, toute la nuit si
je veux : quand tu portes l'arak à tes lèvres,
quand tu sanglotes sous la couverture jaune, quand
tu contemples une gerboise qui fuse loin du rocher,
ou que tu vides un autre arak avant de t'endormir blotti en
chien de fusil, le corps parcouru de frissons.
Quelle partie de ton visage s'éclipsera en premier ?
Ta bouche ? Tes yeux ? Ton nez ?
Ta voix aussi fait partie de ton visage.
Même le ciel que je fixe par-delà les brumes.
Je te regarde.
Je revois tes yeux quand tu me disais au revoir
devant la grille de la maison, sur le chemin aux araignées,
puis que tu te sauvais pour écrire.
Où serais-je sans toi ?

M'entendrais-tu seulement?
Tu dors, vieillard.
Tu n'es plus rien et ne ressens plus rien,
si ce n'est la douleur des rêves.
Alors, je m'allonge sur le kilim.
Pousse-toi un peu.
Je prends ta main.
Je te parle.
Ton visage change, Mahmoud.
Qu'y a-t-il?
Qu'as-tu vu?
Encore ces fichus ciseaux?
Tu sursautes.
Il fait jour.
Penché sur l'eau, tu en sors une petite tête d'enfant,
une petite tête bleue, toute bleue, prise entre des
branches et des sacs en plastique filant vers le barrage.
La tête, c'est tout.
J'aimerais ne pas dire ça.
Tu chausses tes lunettes, creuses un trou près
de la balancelle et je ne peux pas te consoler.
Tu enfouis la tête dans le trou.
Lèves les yeux au ciel et murmures quelques mots
qui me demeurent inaudibles. Ensuite, tu restes là,
près des pierres empilées surmontées de trois croix en bois.
Avant de fermer le trou, tu y jettes des tubercules
de nénuphar que tu as tranchés avec ton yatagan,
de la mie de pain et quelques restes
de fromage, mais peu, car toi aussi tu as faim.
En trois jours, tu n'as mangé qu'un petit poisson,
cuit sur des tiges de jonc et des racines blanchies par les
eaux, dont tu as fait un monticule auquel tu as mis le feu. À
défaut de farine, tu manges des galettes de thym et apaises
ton grain de beauté en appliquant dessus le lait des feuilles
d'un pommier de Sodome, qui te rafraîchit.

Tu grignotes des fruits verts.
Jamais d'insectes.
Et, pour que ta bouche ne se remplisse
pas d'amertume, tu cuis le plus longtemps possible
des feuilles de figuier.
Tu n'aimes pas ça.
Je te vois, tu sais.
À toute heure.
Il fait frais, oui.
Tu grelottes en ouvrant les yeux sur un cortège
d'outardes prenant leur envol depuis le lac.
Tu saisis tes lunettes de soleil, les nettoies et, cela fait,
tu fixes les tombes. Les larmes coulent sur la serge
de ta chemise.
Puis tu regardes ta montre, comme avant, comme si
tu t'étais mis en retard pour tes leçons ou pour écrire.
Tu avises le barrage.
Pas de combats.
Tant mieux.
Au loin, le soleil monte comme un yoyo mais toi,
tu penses à Badr.
Viendra-t-il?
Tu scrutes l'horizon, impatient, ta main comme
un voilier secoué par le doute.
Tu n'as plus de barque, Mahmoud.
Et tu n'as plus de rames.
De tuba.
De lampe torche.
Qu'en as-tu fait?
Tu n'as plus que toi et tes pensées,
comme lorsque je m'isolais pour fumer.
Tu restes là.
Tu places un immonde sparadrap sur ton grain
de beauté et, tout en te voûtant, tu réprimes
un haut-le-cœur et sembles vouloir vomir.

Ils se battent, Mahmoud. C'est reparti!
À quelques kilomètres seulement.
Ils se rapprochent.
Et ils ont oublié ton nom.

Bleue comme la lumière du sentier aux mûres

12

Je cache mon cancer en me couvrant de ton châle.
Ton châle comme un grenier à blé pour les dernières
pensées de ton vieil Elmachi.
Je suis faible.
Mal partout aujourd'hui.
Ton châle couvre ma tête et le dessus de mes épaules,
mes bras.
Impossible de me baigner.
Impossible de voir les combats qui se tiennent de l'autre côté
(il montre l'autre rive), mais je peux
les entendre.
Ils ont repris de plus belle, sur terre et dans les airs.
Les coups pleuvent de partout et, centimètre après
centimètre, comme un corps de jeune fille, l'eau
« grandit ». Elle monte.
Quand elle aura atteint la pointe de Qal'at Ja'bar,
tout sera pardonné.
Sarah. Un monde où il n'y a plus de retraite possible,
comment le dire ? Toi qui as vu les mots, toi qui les as
tant lus à travers ton Pouchkine, ton Blok et ton
Akhmatova, dis-moi, comment le nommer ? Quels mots
pour dire une terre qui survit au massacre de l'enfant ?
Lentement, je frotte entre mes mains du sable vieux
comme mes os, je le ramasse, j'en fais une boule que

je propulse dans l'eau où flottent quantité de choses
n'ayant rien à y faire :
un cerf-volant de marque Orangina, un ballon de foot
aux couleurs d'Al-Wahda,
ainsi qu'un petit tabouret laqué marqué d'initiales
usées par le temps.
Qui sait où se trouve le postérieur qui s'y posait jadis.
Tant de choses emportées, drossées par
le courant, là où ma barque a fini par sombrer.
T'ai-je dit combien tu me manques ?
Les vagues gonflent, si vives qu'il n'y a plus de lac,
plus rien.
Je vois la mer.
T'ai-je dit que c'était elle ?
Je la regarde, fixant une couronne de fleurs emportée
au milieu de branches noires, toutes noires,
comme les cheveux de Brahim lorsqu'il surgit,
fier en ce monde.
Plus loin, deux combattants de Daech, dans la benne
d'un pick-up Toyota, s'agrippent à leur mitrailleuse, tandis
que le conducteur somnole comme si de rien n'était, la main
posée sur le volant.
Le monde court à sa perte,
mais l'humanité dort au volant d'un pick-up.
Moi aussi, je dors. Grâce à ces grosses lunettes.
T'ai-je dit comme j'ai le temps long, depuis que tu lis tes
poètes russes de l'autre côté du jour,
enfermée au jardin ?
Ils hurlent, mon amour.
Les tirs ont redoublé d'intensité et le pick-up,
lui ou un autre, envoie des gerbes de feu en direction
de la salle des commandes.
Alors, je saisis le yatagan avec lequel papa tuait
les chèvres, et m'enfonce dans le sentier aux mûres.
Verdi est dans ma tête.

T'ai-je dit que la musique m'aide à tenir,
bien plus que les poèmes?
La lumière du sentier aux mûres.
Elle est bleue. Mais dans ce bleu sont aussi du mauve
et du rose orangé, le mauve orangé des fleurs d'hibiscus et le
rose orangé du souvenir, de la rage.
J'avance sans faire de bruit.
Sans que rien cède sous mon pas.
Léger.
Très.
Il bruine.
Je m'agenouille derrière un pin et, soudain,
la terre se réveille : il pleut, une vraie pluie.
Chut. Elmachi. Chut.
Je ne bouge pas.
Je suis où ma petite gerboise, où ma petite souris,
chaque soir, aime à se présenter, et je respire
l'odeur de thé noir, d'épine
et de farine qu'exhale la terre.
J'ai faim.
Depuis combien de temps n'ai-je plus…
Mon nez colle à la terre.
Elle sent bon.
T'ai-je dit que les odeurs me parcourent le corps
quand j'ai faim? T'ai-je dit qu'elles sont les flèches
lancées par le souvenir?
Je reste là, sans bouger. Et lorsque je suis certain que
ce que j'entends est bien ce que j'entends, je me mets à
ramper, le bruit de la pluie couvrant celui de mon corps qui
se colle et se décolle à la boue.
Devant moi, un chien.
Qui ne m'a pas entendu.
Je m'en approche.
À la patte.
Blessé.

Un chien de Daech, blessé.
Oui.
J'hésite à poursuivre en direction des voix
que j'entends sur le sentier.
Mais le chien me fixe,
attaché à une corde,
et la corde attachée à un arbre.
Qui a fait ça, Sarah?
Je m'en approche.
M'allonge contre lui,
Place mon oreille contre son cœur.
Il gémit.
Ne le blesse pas, Elmachi.
D'un coup, je tranche la corde qui le retient avec mon
yatagan, me redresse, le pose sur mon avant-bras et
l'emmène jusqu'au cabanon, où je le soigne.
Un fichu autour de la patte. Plus une petite tartine, trempée
dans un fond de thé.
C'est bien.
Il me regarde.
Puis, truffe tournée vers la balancelle, il se couche
sur le flanc et se met à ronfler.
Moi, je tournicote, je crapahute.
Au milieu de mon enfer et de mon éloignement de toi.
Je pense à ton parfum. L'odeur des draps que nous
avions achetés à Alep, dans le quartier d'Al-Sukkari,
dont il ne reste rien.
Nos parties de ping-pong aux aurores.
L'odeur de la liberté, à chaque gorgée de vin
en compagnie de nos chers amis.
Nos poèmes, enlacés comme deux songes.
Ce pays a vécu et il n'existe plus.
J'y pense.
Je pense à lui puis à la lune,
qui sombre et renaît, tous les mois.

La nostalgie, a-t-elle une porte, un terme?
Par où sortir, Sarah?
Je pense aux voix sur le sentier.
Les voix de tout à l'heure.
Je les avais oubliées.
Chut! Elmachi! Chut!
Fais que même la plus petite chose ne te remarque pas.
Ils sont deux.
Un homme et une jeune fille.
Je m'agenouille.
Tu la voulais, la liberté? La voilà! hurle l'homme.
Devant lui, des bouteilles de whisky et des bandes
de papier hygiénique, des morceaux de verre polis
par le sable, des mégots de cigarettes et un vieux filet
de pêche rejeté par le courant.
Ils sont à quelques mètres.
Pas les mêmes que l'autre nuit, non.
Ce ne sont pas des amants, Sarah.
Et non, ce n'est pas nous.
Si seulement c'était nous!
L'homme a des mots tranchants.
Sa main est posée sur la bouche de la jeune fille,
qu'il gifle soudain violemment.
Chienne.
De sorte que, contrainte de se taire, elle ferme
les yeux, le bruit de ses paupières comme une lame
de guillotine.
Tu la voulais, la liberté? La voilà!
Et de la retourner, de la placer à quatre pattes
sur ce bout de terre détrempée sentant
la graine d'anis, et de poursuivre en ajoutant
qu'il va lui graisser la raie comme il faut.
Elle, la peur lui coud le ventre. Elle ne dit rien.
Soudain, un portable vibre.
Une sonnerie comme un jouet d'enfant,

un générique de dessin animé.
C'est à lui.
Son portable, sa sonnerie.
Alors, il s'écarte de la jeune fille, le sexe toujours tendu,
se redresse puis se met à palper, à fouiller toute cette
nuit à la recherche de sa veste,
ses doigts glissant et remontant le long des longs
cylindres bruns des cannes de jonc, dans le talus.
Putain de pute.
Ses mains cherchent le portable qui continue
de sonner.
Et moi, je les regarde.
Je pense qu'ici, avant, il n'y avait rien.
Des habitations tranquilles et nulle sonnerie
de portable.
C'était tout ce qu'il y avait.
Le soldat se lève.
Debout.
Sa grosse queue sombre comme l'aiguille détraquée
d'une boussole.
Grattant la terre, telle une croûte qu'il s'arracherait,
il s'énerve, crache sur elle, sur lui, sur ce sol froid
où nous sommes nés et avons grandi.
Bordel de pute, où je l'ai mis ?
Il répète : où je l'ai mis ?
Il cherche dans ses habits.
Sa poche.
Pas celle-ci.
Et la femme, elle, se tient tapie en boule et prie
pour que ce qu'il vient de lui faire n'ait jamais existé.
Puis c'est le silence. La sonnerie cesse.
Le calme, Sarah.
Je n'entends plus que leurs respirations séparées.
Et l'homme déteste ça,
comme il déteste ne pas avoir remis la main sur

ce qu'il cherchait, comme il déteste
ne pas avoir terminé ce qu'il avait entrepris,
comme il déteste la respiration ennemie,
séparée de la jeune fille.
Alors, il la saisit.
Et moi, avec douceur, moi, j'écrase dans mon poing
le yatagan de papa, le fier couteau des chèvres et des
brebis, et je descends lentement à travers son ventre.
J'ouvre le soldat en deux. Je le déchiquette. Sans
trembler. Sans le maudire. Et sans fermer les yeux.

Ya bent baladi

13

Badr vient d'arriver.
Il est là, devant nous.
Il est venu.
Nous avons perdu, Elmachi.
On ne parvient pas à reprendre le barrage.
C'est fini.
Il pose trois cigarettes à mes pieds.
Cadeau.
Puis il regarde la femme du sentier,
assise près du feu,
et lui demande son nom,
doux, très doux,
comme toujours avec lui.
Il sait.
Car l'histoire est la même.
Toujours.
Elle, toi, nous, lui.
L'histoire est la même.
Je nouerai les yeux au soleil, les cœurs à l'amour.
Les ombres à l'eau. Les branches au vent.
Je vous ai lu, Mahmoud.
La femme me regarde, elle fixe mon yatagan.
Puis, comme le vent souffle entre les roseaux,
comme ça, elle me murmure merci dans le creux de la main.

Merci, Mahmoud.
Puis elle parle.
Car même si l'histoire est la même,
l'histoire n'en a pas moins besoin d'être contée.
Son amoureux s'appelait Élias.
Élias de Raqqa.
Il voulait lui offrir une vie où elle ne serait ni cloîtrée
ni tenue de s'attacher les services de son père,
ou les siens,
lorsque lui prendrait l'envie de sortir de chez elle.
Un homme bon.
Et elle, une femme instruite.
Reem, d'Alep.
Élias, de Raqqa.
Les sciences économiques.
Une licence.
Instruite.
Mais, comme lui venait de Raqqa, ils se sont installés
à Raqqa, chez une tante, où ils ont connu le bonheur,
enfin pas totalement mais au moins l'ont-ils entrevu,
dit-elle.
Ils avaient des projets.
Elle souhaitait trois beaux enfants et lui, Élias de Raqqa,
trois beaux enfants aussi, mais si possible une fille
et deux garçons.
Voire deux garçons et un troisième, car c'était
un homme bon qui avait une nette préférence pour
les petits mâles, comme souvent par ici.
Ensuite, elle dit que tout s'est dégradé.
Non leur amour, leurs rêves et leurs projets,
mais la ville.
La ville et ses hommes, qui se mirent à proliférer
avec des regards marqués au feu de leur califat.
Elle écrase sa cigarette sur le sol et reste là,
à la regarder s'éteindre sans parler, sans un mot.

Elle tousse.

Puis reprend.

L'histoire reprend, Sarah.

La sienne, la tienne, notre histoire.

Avec Élias, ils décident de prendre la fuite.

Le fils de la tante qui les loge a un plan. Il connaît les
passages, les caches, les heures et les rues sombres par
où prendre la fuite, dans le camion approprié, planqué
sous une bâche.

Tout était devenu froid.

L'avenir, le passé.

Tout.

Alors, après avoir mangé quelques noix

parfumées aux moutons de poussière,

et tandis que l'eau ne fonctionnait plus, que les gens
n'en pouvaient plus, Élias a posé sur elle une couverture et
ils sont partis, suivant le tracé

du plan du cousin.

Un crabe.

Je ne devrais pas dire ça, dit-elle.

Elle le dit.

Du reste, la ville était broyée.

Une ville morte aux mains de fous

brandissant les fusils de Dieu.

Un non-Dieu.

Et Élias de Raqqa ne voulait pas de cette Raqqa.

Ni de ce non-Dieu.

Une ville où les stylos et le papier sont interdits…

Qui souhaite ça?

Lui, Élias, il voulait voir plus loin.

Rester le moins de temps possible au camp
d'Aïn Issa.

Monter plus au nord.

Voir les montagnes d'Anatolie.

Skier.

Prendre la mer.
L'Europe.
La liberté.
La vitesse.
Lionel Messi.
Et un café.
Oui.
Oh oui.
Un bon café, bien noir,
près d'un port rempli de touristes.
Et puis en ouvrir un, de café,
Le *Café des roses,*
en France ou en Angleterre.
C'était ça, son rêve.
Roses Coffee.
Elle le dit.
Elle dit qu'ils ont roulé dans le désert, sauté du camion
et marché dans un champ de mines où, avec la peur,
leurs corps se sont rapidement mis à faire n'importe
quoi.
Avoir très froid et très chaud en même temps,
besoin de boire et faire pipi en même temps.
Des choses comme ça.
Le plus dur, c'était d'éviter les balles et les tirs
d'artillerie, mais ne pas perdre de vue les mines
qui grouillaient au sol.
Elle, elle avait une couverture sur les épaules,
lui, il n'avait rien : le bidon d'eau,
deux ou trois pièces de cinq livres,
un pull de la vieille tante et un autre, du cousin foireux,
dans la manche duquel il avait roulé son poster de
Madonna.
Elle dit qu'ils ont marché jusqu'à cinq kilomètres d'ici,
cinq kilomètres du lac,
c'est-à-dire plus ou moins cinq cents des premières neiges et

des stations de ski,
sans parler des milliers d'autres qui les
sépareraient désormais du *Roses Coffee.*
Quatre.
Ils étaient quatre et ils leur sont tombés dessus.
Comme ça.
Des hommes de Daech.
Du califat.
L'un d'eux avait une balafre en zigzag
qui allait du front à la glotte,
et de la mâchoire à la naissance du torse.
Des hommes de la hisba*.
Disant ce mot, un lézard glisse sous
la pierre et lui file sous la jambe,
en zigzaguant aussi.
Un zigzag qui lui rappelle l'éclair par-dessus
le toit de la maison, dit-elle, son père, la pluie qui danse
sur la dalle détrempée de la terrasse, et le bruit de l'eau non
pas comme de l'eau, mais comme un incendie ou comme le
crépitement de maïs grillés, pendant
qu'elle tire la langue pour se rafraîchir et qu'un criquet
se pose sur sa joue.
Ils les ont fait s'asseoir par terre.
De gros nuages marbraient le ciel
et, sur la branche d'un arbre assez fou pour
se tenir droit, elle entendait le rossignol.
Souvenez-vous qu'il chantait.
Élias, lui, se tortillait de froid.
Mais le chef à la balafre ne le regardait pas.
Il s'en foutait.
Il la regardait elle,
puis les autres, en faisant des gestes obscènes de la
bouche et de la main, l'air de dire qu'elle lui plaisait,
qu'il avait envie d'elle.
Elle parle alors de la radio qu'ils ont écoutée en

cirant leurs pompes, assis à une table basse comme si
de rien n'était, des heures et des heures comme ça, à cirer
leurs pompes et écouter des airs qu'il lui était arrivé d'avoir
aimés aussi, *Ya bent baladi* par exemple, un vieux
Farid el-Atrach qu'adorait sa mère.
Vous aimez Farid el-Atrach?
Elle nous regarde.
C'est le plus grand.
Sa mère l'adorait, dit-elle. Elle avait même eu la chance
de le voir en concert à Beyrouth, quelques mois après sa
rencontre avec la reine Narriman, qui rendit el-Atrach si
triste.
Ya bent baladi n'est pas sa meilleure chanson,
mais c'est une belle chanson quand même, dit-elle.
Élias est mort sur *Ya bent baladi*.
Vers la fin de la nuit, ou tôt le matin,
elle ne sait plus.
Elle n'a pas compris ce qu'il se passait.
Elle a vu Élias se lever et marcher vers un petit arbre
à seulement deux ou trois mètres, probablement pour
faire pipi, mais c'était fini.
Elle dit qu'ils ont ri, Sarah, et c'est vrai,
ils ont ri, car ils rient toujours à la fin de l'histoire
et c'est pourquoi l'histoire
doit être contée.
Pour ne pas oublier.
Elle se tourne vers Badr.
Doux, très doux.
Qui lui prend la main et promet de l'emmener
en lieu sûr.
Après quoi, il se tourne vers moi.
Vieux fou, viens!
Le niveau n'a jamais été aussi haut.
Il faut fuir!
La main de Reem est dans la sienne.

Ils sont sur le point de partir,
mais Badr se tourne une dernière fois
dans ma direction.
Comment feras-tu pour ton pain ?
J'écrirai, Badr.
C'est simple.
J'écrirai des poèmes au goût de pain,
remplis de « greniers à blé » et de « sacs de farine »,
des poèmes remplis de « sucre » et de « sucre à
volonté ».
Elmachi !
Il me fait un salut de la main,
plonge dans le sentier et se tourne
vers la Jeep qui les attend plus loin.
Avant de disparaître, Sarah.
De nous laisser.
Moi et ma solitude.
En jetant son mégot dans l'eau.

J'approchais de mes quarante ans

14

Mon amour, ça y est.
L'heure est venue.
Bientôt, je rentrerai.
Je m'allongerai sous le prunier.
Tout sera calme.
Les eaux continueront de monter, mais tout sera calme.
L'espace, les vallées, les plaines et les montagnes,
nos villes et nos campagnes, plus rien ne sera un lieu pour la
douleur, pour le mal et pour l'effarement.
Tout sera apaisé.
Une sensation physique.
L'absence de peur.
Tu as vu ?
Le chien que j'ai soigné est parti,
emportant avec lui quelques bouloches
et flanquant par terre mes bonnes vieilles piles
de pierres.
Même lui m'a quitté, tu vois.
Je suis seul.
Demain, je me lèverai avant tout le monde.
J'offrirai un brin de jasmin à la rosée et, après avoir
fumé, je reconstruirai les piles, je ferai d'autres tartines.
Et ça ira.
Sois confiant, petit Père.

Tu entends, Sarah?
Ils me parlent.
Tu te soucies trop de nous!
J'entends leurs voix.
La voix de Nazifé.
Les vivants se soucient trop de nous, papa!
Tout va bien!
Quelquefois, cela change.
Et c'est la voix des garçons que j'entends.
Peu importe les piles qui s'effondrent, papa.
Peu importe les temples
et les villes englouties;
à la fin, tout s'effondre.
Ils sont là, mais quand ils disparaissent,
je n'ai plus que les mots pour les chercher.
Les mots comme des filets à papillons
pour nos causes perdues.
Une barque à mi-chemin entre
les mondes.
J'ai écrit.
Je me suis allongé sur le miroir
des mots.
L'eau des mots.
J'ai plongé.
L'écriture comme une barque
entre mémoire et oubli.
C'est reparti.
Je repense au jour où je me suis caché ici
pour la première fois, dans cette jonchaie.
Je venais de prendre la fuite après avoir dit, ou plutôt
crié à mes trente-quatre élèves, que je ne pouvais plus
mentir, que j'en avais assez d'être payé pour entretenir la
corruption, et l'ivresse de pouvoir de notre cher Président.
C'était bien des années après la disparition de Leïla.
Et de ma petite fille.

De sorte que je n'étais pas encore papa.

Il restait de la lumière.

Je n'étais pas dans l'inquiétude ni dans la lassitude
des choses, et le monde me semblait loin du niveau
de dégradation qu'on lui connaît.

J'étais un homme entier, j'approchais de mes quarante
ans et, ce jour-là, les élèves m'avaient regardé sans
comprendre, tandis que je claquais la porte et me
dissolvais dans la nature.

Je venais de faire une grosse bêtise, c'est évident,
mais vivre sans liberté, je ne le supportais plus.

Je me suis terré ici toute la nuit.

Dans cette jonchaie.

Au milieu de branches craquant comme l'escalier
de grand-mère.

Et une chose murmurait d'espérer.

Sois tranquille.

Après tout, tu as déjà tant perdu.

Une pensée idiote, mais elle m'aidait.

D'un autre côté, parce que je savais que l'appareil
policier, via l'appareil de renseignements ou Dieu sait
quel appareil encore, finirait par me tomber dessus
et me jeter en prison, je me sentais en sursis.

Tu sais de quoi je parle.

Toute la nuit.

J'avais écrit, dormi, puis mangé
ce vieux croissant avec un reste de dibss flêfleh*,
mon pique-nique habituel à Baïbba.

Au petit matin, je m'étais réchauffé sur la pierre,
à cet endroit où le soleil entame sa conversation avec les
choses, et l'idée m'avait traversé qu'il est inutile de se cacher.

Que la vie est lumière.

Des insectes couraient.

Je pouvais les entendre, entendre leurs petites pattes
comme des bois d'allumettes frottant un grattoir de pierre.

Le lac dénouait ses rêves et la lumière s'y allongeait,
belle comme une nageuse olympique.
C'est ce jour-là que je l'ai fait,
que j'ai plongé dans le lac.
Je l'ai fait.
En chemin vers le village, plus tard, j'ai écarté les doigts
pour mieux sentir le vent, j'ai acheté trois bons blocs de
fromage, du pain et des olives chez Maya M., l'épicière, puis
je suis allé voir ma mère, laquelle, me voyant arriver de si
bonne heure, m'a demandé si tout allait bien.
Elle tenait comme personne à notre réputation.
La famille Elmachi.
La belle et bonne réputation des Elmachi.
On devait être irréprochables.
D'un autre côté, elle se faisait un sang d'encre à la
moindre occasion.
Encore maintenant (il fixe le ciel). Ainsi sont faites les
mères : taillées dans le bois du souci.
Inquiètes, toujours, de ce qui va nous tomber dessus.
Mais ce jour-là, elle me regarda.
Tu es au courant ?
Le sourcil bas, comme quand papa quittait le monde
et nous tournait le dos.
Tu m'entends ?
Elle avait mis une main sur mon épaule et me regardait.
Je n'étais au courant de rien.
Mahmoud ?
Elle laissa planer le silence puis, là où j'étais certain
qu'elle allait me parler de ma désertion,
me dire qu'on me cherchait et qu'on allait me jeter
en prison, elle me raconta ce qui venait de se passer à Hama*.
Elle parlait d'une voix basse, comme quelqu'un
qui redoute de faire surgir un monstre.
« Ils ont assassiné des fonctionnaires, cadres et chefs
militaires, exhorté les gens à se soulever contre les "infidèles".

Contre le parti, Mahmoud! Contre le régime! Les Frères
musulmans se sont insurgés
contre le régime! »
Ces mots-là.
Et aussitôt, la peur que l'on me tombe dessus
n'exista plus. S'envola.
Je dormis chez eux ce soir-là.
Et le lendemain, on resta collés à la radio.
Papa, maman et moi.
Mounir passait de temps en temps.
C'est pas croyable! hurlait-il. On n'y croit pas!
Et il s'en retournait en se pressant la tête des deux mains,
comme s'il maintenait le couvercle d'une cocotte minute.
Pas croyable!
On l'entendait crier depuis sa cuisine, rivé aux mêmes tristes
nouvelles.
Maman, elle, priait pour les civils, pour les Frères
musulmans, priait pour tout le monde.
Elle était chrétienne.
La petite communauté chrétienne des gens de Syrie.
Papa aussi priait.
À sa manière.
Il fallait.
Oh oui!
Car le régime, le lendemain de l'insurrection,
fit envoyer ses troupes pour reprendre Hama.
À la tête des brigades, le frère
de notre vénérable Président. Rifaat*.
D'une main de fer, il commanda les opérations.
Fit pleuvoir les bombes.
Regroupa, dans des gymnases, des familles suspectées
de liens avec les Frères musulmans, qu'il tortura.
Gymnases, écoles, usines.
Pas croyable! hurlait Mounir tandis que les bombes
pleuvaient et que, pour que les blessés ne bénéficient

d'aucun soin, l'État allait jusqu'à piller ses propres
pharmacies.
Trois jours plus tard, la ville n'était plus rien.
Asséchée.
Essouchée, Sarah.
Maman fit brûler des cierges partout dans la maison,
se balançant d'avant en arrière comme une folle agitée.
Elle ne tenait plus en place. N'avait plus de mots, ni pour se
plaindre ni pour implorer le Seigneur d'aider
les survivants.
Papa, lui, avait toujours eu une foi singulière.
Ouverte aux vents.
Son Dieu à lui vivait dans les choses de la terre,
dans les songes, les champs de safran
et les bêtes minuscules des marais,
qu'il se plaisait à voir grimper et s'agripper le long
des cannes de jonc.
Mais parfois, son Dieu se cachait.
Il ne le voyait plus.
Le cherchait mais sans le trouver.
Et c'est ainsi qu'il rentrait certains soirs en disant
que son Dieu lui avait tourné le dos.
Il se moque de moi.
Il se cache.
D'autres fois, on le voyait débarquer en riant.
Il est revenu !
Vois, mon fils, j'ai vendu trois mille fleurs !
Je l'ai retrouvé ! Dieu m'est revenu.
Et dans ces moments-là, c'était comme s'il pouvait
le voir partout.
Te revoilà ! Mon Dieu, je t'ai retrouvé !
Alors la vie pouvait reprendre.
Ce qu'elle fit, à sa façon.
Maman restait inquiète, toujours, mais moins pour moi
que pour nous tous, à partir de là.

Quel malheur d'être nés ici !
De t'avoir mis au monde, fils !
Sans cesse.
Quel malheur d'être là et de t'avoir donné la vie,
Mahmoud !
Elle m'agaçait quand elle parlait comme ça.
Mais elle avait raison : non seulement le pays
ne connaîtrait plus la paix, mais papa, six jours
après Hama, mourait d'un infarctus.
En rentrant du travail, un sac rempli de roses
dans chaque main.
Il a lâché les fleurs, s'est tenu la poitrine,
a mis un genou à terre, s'est allongé
au sol, dans la cour, et voilà.
Les mois qui ont suivi, j'ai retapé une petite bâtisse
en ruine datant du mandat français. Quand de Gaulle
bombardait nos rues* dans l'espoir de pouvoir disposer
de nous plus longtemps.
De temps en temps, un de mes anciens collègues,
Salah, prof de mathématiques à Baïbba, venait me voir
pour me parler de la situation.
D'après lui, je n'étais pas dans le viseur du régime. Et,
pour ce qu'il en savait, le directeur de l'école m'avait
couvert en me déclarant… malade du cancer !
Moi, Mahmoud Elmachi, malade du cancer à
quarante ans à peine !
Veille à ne pas te montrer trop en forme, disait-il, et
en principe, tout ira bien.
Dès lors, mon teint prit la couleur du plâtre que je maniais.
Je sortais peu.
Et lorsqu'il m'arrivait de pousser le nez dehors,
c'était uniquement pour aller au lac.
Voir le Dieu de papa dans les pattes d'un triton.
Le reste du temps, plâtre et poèmes !
Je progressais !

Sans doute parce que je ne cherchais plus à plaire
ni être bon.
De toute façon, papa n'était plus là.
J'étais seul.
J'écrivais.
Comme si Leïla-de-la-montagne ne m'avait jamais
été reprise.
Du haut d'un toit sans pigeon je voyais des centaines
d'autobus,
Un fleuriste qui soldait ses fleurs,
Au milieu de tout cela un poète accrochait une
balançoire
Entre deux branches de jasmin.
Le commerce de fleurs, mon besoin d'espace,
la pierre que je venais de jeter au visage de l'école Baïbba,
tout, mes poèmes étaient un grand syncrétisme. Ils
mélangeaient tout. Même des choses qui ne s'étaient pas
produites. Mais que je devinais et qui étaient là, sous mes
yeux, grâce à ce temps d'avance que l'écriture a sur la vie.
Ou grâce au fait qu'écrire nous lie à ce qu'on ne voit pas.
Je l'ai cru.
Dur comme fer, j'ai cru bon d'écrire et de me donner
ce temps d'avance sur la vie.
Mais lorsque je cessais de me mentir, je retombais aussitôt,
ne pouvant me résoudre à dormir
aussi loin de Leïla, à ne plus revoir sa bouche
profonde comme la mer. Plus jamais.
L'écriture n'aide pas.
Elle ne ressuscite rien.
Elle n'aide pas.
Dis à Leïla ma bien-aimée
À la bouche d'ivresse et aux pieds soyeux
Que je suis malade et en manque d'elle
J'entrevois des traces de pieds sur mon cœur

Alep

15

Dix-huit heures.
Plus question de plonger.
Quelques pas autour de la balancelle, c'est bien.
Ensuite, me rasseoir.
Peu respirer.
Peu dire.
Peu penser.
Je regarde la vie contenue dans un seul brin d'herbe,
l'architecture d'une fleur dont j'ignore le nom,
la perfection de ses pétales, un scarabée courant
se réfugier dans l'espace clos
d'une pomme de pin.
Je converse avec le pin qui abrite une nuée d'oiseaux.
Et avec les balles qui sifflent et envoient leur plumage
au ciel.
D'où viennent-ils?
Qu'ont-ils vu?
Et toi, vieux pin, que ferais-tu à ma place?
Reprends ton souffle, idiot.
Et cesse de te tourmenter.
Qui te tuerait, hein? Qui tuerait le vieil Elmachi
assis sur sa souche? Face au ciel. Face à rien.
Avec un peu de chance, tu n'es même plus visible.
Vingt heures.

Ma tache ouvre les yeux.

Elle me blesse et ne veut pas dormir.

Se peut-il que ma tombe commence là, sous cette
brûlure que me fait le soleil ?

Chut.

Plus loin, des combattants.

Le bruit acharné de leurs cris, près du barrage,
qu'ils bardent d'explosifs, fragilisent et malmènent,
afin de faire du déluge le point final.

Je pense à la salle de contrôle, qui ne fonctionne plus.

Aux ingénieurs, désespérés.

À la lumière qui se retire, ville après ville.

Puis je regarde loin devant moi et me représente
un monde rempli à ras, une sphère offerte à l'eau
et où plus rien ne peut blesser.

C'est la nuit.

Près des amas de pierres et de la balancelle,
je retrouve l'endroit où j'ai enterré la petite tête bleue.

Je reste sur la souche.

Au loin, des sirènes, voitures de la hisba.

Et des arbres endormis, leurs feuilles repliées
comme des parapluies.

Blotti dans ma couverture, je sors mon yatagan
et ébarbe une tige de jonc que je coupe en son milieu. Avec
les barbes, je noue sommairement les deux bouts et j'en fais
une croix que je plante sur l'amas de pierres, où j'ai enfoui la
tête.

La lune est pleine, là-haut.

Alors qu'ici, tout est décombres.

Fume, vieillard. Oublie tes cairns.

Oublie la mort.

Je me lève, frappe quelques petits coups sur la terre,
ramasse du bois et des fruits immatures,
et les couche entre les cairns avant de fermer les yeux.

Tout est désert.

Faire le tour de soi-même sans voir de vie
humaine est une bénédiction.
J'ai toujours été solitaire.
N'était-il pas écrit que ça finirait comme ça ?
C'est ok.
Ce n'est pas ok.
Je pense à tes poètes,
à toi.
J'entends ta voix.
Et ce qui me guide n'est plus visible.
C'est une sensation nouvelle.
Une odeur qui revient.
Je pense à la famille que nous formions.
Que nous avons été.
Après mes quarante ans.
Je pense à la façon dont Leïla a continué de vivre
en moi après ma fuite de l'école, après le massacre
de Hama et la mort de mon père.
Peu de souvenirs restent.
Seuls quelques mots, que j'ai écrits.
Mais qu'importe les mots.
Qu'importe ce que j'ai pu écrire.
Les mots ne sont que les bras armés du silence,
et je n'ai plus envie de me battre.
C'est fini.
Tout ce dont je me souviens, c'est qu'après la mort
de mon père, j'ai vécu sans vivre, allongé sur le sol de cette
petite bâtisse retapée avec les moyens du bord.
Toute la journée, je me répétais des choses qui ne
deviendraient pas des poèmes. Assieds-toi, Mahmoud.
Réfléchis, triple idiot. Avoir peur de tomber, c'est ne pas
s'envelopper d'assez de douleur, ni se souvenir que la douleur
peut faire des miracles, comme protéger
d'encore plus de douleur ou d'une nuit plus froide
encore. Ne demande l'aide de personne. Tant que tu peux

vivre, tu peux bénir. Tant que tu peux aimer, tu peux
vivre. Il te reste son rire, ses facéties, sa voix chantant Verdi.
Bénis-les, Mahmoud. Reste vivant.
Mais à la vérité, je voulais être anesthésié et buvais
beaucoup, car plus les quantités étaient folles, plus elles me
menaient en mon pays.
Un pays dont la capitale est l'enfance.
Et puis, comme les neiges de Turquie,
la douleur a fondu.
Elle ne s'en allait pas.
Elle ne le pouvait pas.
Mais elle prenait moins de place.
De sorte qu'il y avait un endroit pour l'air
et pour l'avenir, maintenant.
Leïla aussi vivait sous une autre forme.
En un mot, l'envie de casser des murs m'était passée.
De me tuer, aussi.
Je souffrais moins.
Ce même été, un ami poète me prêta son appartement
à Alep, car il avait été muté à Columbia, où il devint un
professeur respecté.
Professeur aux États-Unis, Sarah !
Avec son aide, moi, je fis envoyer quelques-uns de mes textes
au Forum, qui était le centre névralgique
de la poésie, là où tout se passait, en sachant que,
en dehors, le parti muselait tout.
Et trois mois plus tard,
mon premier recueil voyait le jour.
Puis le destin aligna nos vies.
Tu étais enseignante et passionnée de littérature.
Tu écrivais aussi.
Alep. Le Forum.
On m'avait invité à y présenter des extraits
de mon livre.
Trente-deux poèmes sur la vie d'un tonneau de pluie.

Toi, tu avais lu des textes d'auteurs n'ayant pu faire
le déplacement, plus quelques-uns de ton cru, bien
meilleurs que les autres.
Ta voix était de l'eau.
On la buvait.
Et notre esprit était en fleurs.
Te l'ai-je dit?
Tu me plus à la puissance de l'infini.
Dès la première seconde où tu te mis à lire,
hésitante puis de plus en plus sûre, en même
temps que tu te tortillais les chevilles comme les gosses
de l'école devant l'effigie du tyran.
À part Leïla, personne ne m'avait regardé comme ça.
Aussi complètement. Comme si tu devais tout voir de
moi en même temps, mes yeux, ma bouche, mon front,
mes fossettes, tout, si bien que tes yeux allaient et
venaient comme des abeilles sur une fleur de ciste.
J'adorais ça.
Parce qu'alors je me sentais beau.
Mieux : digne d'être aimé.
Combien dois-je à ce regard?
Te l'ai-je dit?
Je me sentais libre à tes côtés.
Ni autre lumière.
Ni autre chemin.
Très vite, on se mit à rencontrer des gens fascinants.
Universitaires. Dissidents.
On était pauvres, oui, mais le plus important était
d'avoir du temps pour découvrir les recoins de cette
ville loin de chez moi. Parallèlement, je me remis
à boire de l'arak, mon péché. Mais maintenant
je buvais au retour de la joie. Avec toi, mon amour!
On écrivait la nuit.
Tôt le matin, on faisait des parties de ping-pong chez
l'ami de Columbia, puis tu partais enseigner tandis que

moi, je me promenais en pensant au grand monde,
aux mers, aux chants de tout ce que l'on n'entend pas, aux
fourmis, aux branches cassées des cerisiers, aux poètes.
On fréquentait le Forum aussi souvent que possible.
Et même les mauvais poètes, les planqués, ceux qui
travaillaient à la rubrique « Culture » de la fameuse
revue de poésie, ou pour d'autres revues toutes acquises à
la cause du mouvement « rectificatif », ainsi que l'on disait
alors, même eux nous faisaient de l'effet !
C'était une fenêtre sur la vie.
On se couchait à n'importe quelle heure, n'importe
quand. Chaque matin était une renaissance.
On prenait le bus.
On se perdait.
Tu dormais dans mes bras.
Et nos enfants sont nés, très vite.
À la vitesse de notre amour.
En cascade.
En mars, nous nous sommes installés loin d'Alep,
ici où je suis né, à quelques kilomètres de là où vivait
maman, dans la maison que j'avais retapée, celle du
mandat français.
Nous avons repeint les murs selon tes goûts.
Roses.
Nos enfants étaient minuscules.
On ne possédait rien, mais dans la mesure où tu
continuais de me regarder complètement, cela suffisait.
Tu relisais mes livres, les corrigeais.
Et là encore, tes yeux ne perdaient rien, aucune miette.
Tu avais le don, Sarah.
Si j'écrivais une chose qui ne te plaisait pas,
tu la transformais aussitôt.
Si je disais : « une pluie qui ne mouille pas »,
tu suggérais : « une pluie qui ne souille pas ».
N'est-ce pas mieux, Mahmoud ?

Tu avais raison.

Tu étais le centre.

C'est pourquoi tu te mis à fumer, mais pas devant moi,
non, et pas devant les enfants.

Tu t'aspergeais de déodorant.

Tu changeais de chemisier.

Qui ne cherche pas un endroit où se cacher ?

Nos enfants ont grandi, vite, comme nous et notre
amour. Mais ils n'ont pas détruit notre couple.

Ils l'ont soudé.

Un couple qui s'aime et où chacun, bien que portant les
stigmates d'une vie, veillait à ne pas renoncer. Il avait
plu sur nous. Le vent avait soufflé. Nous chancelions.
Mais nous brillions toujours. L'un pour l'autre, nous
étions la flamme d'une bougie.

Voyager ?

Non, mais nous avons connu Paris.

Des jours que je n'oublie pas.

Que je voudrais oublier mais que je n'oublie pas.

Comment l'atteindre, Sarah,

où est l'oubli ?

Et puis nous sommes rentrés.

Nous avons quitté Paris et les louanges de mes pairs.

Ta sœur avait gardé les petits, on venait de les retrouver et je
me sentais fort.

Sur la table, il y avait une lettre.

À mon nom.

J'avais quarante-sept ans. Toi trente-quatre.

Ne l'ouvre pas.

Tu avais cessé de respirer et fixais le tampon
du parti.

Ne l'ouvre pas.

Je l'ai fait.

Dedans, une convocation.

Je devais me rendre dans un des bureaux

afin d'éclaircir ma situation.

Alors, sans trop réfléchir, je suis monté dans la salle d'eau et
j'ai observé mes cheveux devant le miroir.

Ma peau.

J'ai écouté ma voix.

Puis je suis redescendu et j'ai fixé, dans leurs moindres
détails, le visage des enfants.

Et quand le jour est venu, je me suis rasé avec lenteur.

Toi, tu as préparé le thé.

Tu pleurais.

Et à onze heures, j'entrais dans le bureau,
ma convocation à la main, le train de la peur
sifflant jusque dans mes tempes.

Mahmoud Elmachi, bonjour.

Un homme s'est avancé.

Dans sa main, un de mes recueils.

Je peux le voir, Sarah. Son haut front bosselé
de pachycéphalosaure qui me regarde, mauvais.

Il me fait asseoir.

Se met à me tourner autour comme une hélice
de ventilo.

Café?

Il se baisse, pose ses yeux dans les miens
et s'approche aussi près que possible, comme sur le bord
d'un gouffre qu'il voudrait sonder, et, me tendant le recueil,
il me dit de lire.

Et moi, je m'exécute :

Je me déplace comme les prostituées d'une rue à l'autre,
J'ai la sensation d'un crime immense,
Et d'un navire blanc qui m'emporterait entre ses seins
salés
Vers des pays lointains
Là où il y a à chaque pas une taverne et un arbre vert.

Pour eux, c'était de trop.

Écrire des choses pareilles n'était pas tolérable.

Il était penché sur moi.

Vous comprenez ce que l'on vous dit?

Il tourne dans la pièce, boit son café.

Et, n'attendant pas que je réponde, il exhume des articles d'une armoire aussi brinquebalante que son régime, mais dont d'impeccables petites cales renforcent les pieds, et me fourre les articles sous le nez.

Je n'en suis pas l'auteur, tu le sais.

À part un papier dans *Al Akhbar,* bien des années après, je n'ai jamais rien offert à la presse, mais mon sort est plié.

J'en veux au parti.

Je veux créer la dissension.

Pire, j'appartiens à une organisation clandestine!

Il me fixe.

Des yeux fous, maintenant.

Du reste, les murs ont des oreilles, professeur Elmachi. Comment va votre cancer, au fait?

Voilà.

Je passe ma première nuit au trou ce soir-là.

En tout, j'y resterai trois ans.

Et le soir, idem

16

Quelle valeur a la parole d'un vieillard dans un monde
comme le nôtre ? Y a-t-il un sens à durer ?
Le monde est obsédé par ça.
Occuper le plus d'espace.
Durer.
Faire triompher son camp.
Sa lignée.
Son Dieu.
Raconte ces bombes qui tombaient
pendant que j'étais endormi,
Raconte-moi ces joues qui,
pendant que j'étais endormi,
se sont mouillées.
Toute ma vie, j'ai écrit parce que je souffrais de voir
se briser ce pays : celui des rêveries de l'enfant.
Toute ma vie, je l'ai passée à me battre pour conserver
le privilège de pouvoir respirer auprès de vous.
Mais en contrepartie, je tombais malade, tant
je ne comprenais pas la brutalité de la bêtise, ni notre
frénésie à rendre le monde tel : stupide et violent.
À ma sortie de prison, ne me restait sur le crâne
qu'une grande calotte glaciaire.
J'avais perdu mon âme.
Ma barbe avait blanchi.

Des semaines durant – tu te souviens ? –, je suis
resté devant le miroir, comparant le souvenir de deux
Mahmoud qui avaient été moi, mais qui ne l'étaient plus. Et
pendant ce temps, toutes ces choses que j'avais
contemplées trois ans plus tôt dans la salle d'eau,
ma jeunesse, mes fossettes, ma voix, mes dents,
tout cela n'existait plus.
Je n'étais plus rien.
Ou bien je me posais sur la pierre dans le jardin,
à attendre Dieu sait quoi.
J'avais des douleurs à la tête.
Mais, prétextant que certaines choses mènent
une vie plus paisible hors des mots, je me taisais.
Parler de ce qu'ils m'avaient fait en prison, à quoi bon,
Sarah ?
Et puis, je n'avais pas mal à cause de ce qu'ils
m'avaient fait, mais à cause de l'absence.
Trois années sans vous voir.
Sans vous toucher.
C'est l'absence, disais-je.
Le mal frappe de partout, de toutes sortes de manières,
mais le vrai mal, oui, c'est elle, c'est l'absence.
Tant de phrases imbéciles, mon amour.
Et pourtant, je m'efforçais de rester un père joyeux.
Je me levais de bonne heure, descendais l'escalier qui me
semblait si abrupt, et j'emmenais les enfants à l'école.
Et le soir, idem.
J'ouvrais la porte, je descendais la rue,
lentement, comme si j'avais vieilli de dix ans,
et je revenais les chercher.
Brahim se tenait au milieu de la cour
– dans le goal de foot au milieu de la cour –,
prêt à bondir.
Brahim ?
Il se tournait vers moi.

Jetait ses gants.

Papa! Oh papa!

Il oubliait l'école, ses amis, le foot,

et, sans aucun signe de frustration,

il me rejoignait à la grille.

Il me sautait au cou!

Et ainsi de Salim, ainsi de Nazifé.

Tous les jours.

Passé la grille, ils me flanquaient leurs cartables
dans les bras, se mettaient à courir et je les retrouvais
en train de fixer les grands rapaces qui tournoyaient
dans le ciel, planaient, s'élevaient dans les courants et
disparaissaient.

Quand je leur parlais, ils étaient tellement absorbés qu'ils
répondaient à peine. Ils étaient là, à fixer le ciel où les
rapaces allaient et venaient, montant, glissant, comme si rien
ne leur pesait.

Et moi, devant leurs yeux si doux, Sarah,

devant les yeux si doux de nos enfants,

je me faisais honte d'être l'homme que j'étais.

L'angoisse montée sur ressorts que j'étais.

L'être triste et épuisé que j'étais.

Tu travaillais, toi.

Je m'occupais de « tout ».

M'approchant de Salim, je serrais sa petite main, j'inventais
des histoires dont je disais qu'elles provenaient des sagas du
Nord, qu'il aimait tant.

Puis, ensemble, nous comptions : 1, 3, 7, 9, beaucoup.

J'ai faim! pleurnichait Brahim.

Alors, j'ouvrais le pot de chocos.

Mais ce n'était pas celui qu'il aimait. Lui, il voulait le
choco délicieux. Le « choco des chocos », celui que
mangeait son ami Kadder! Il boudait.

Et moi, je m'installais face au mur taché de rouille
et de pauvreté, et, coupant les poivrons du soir,

je ne pipais mot.
J'attendais ton retour.
Tous les jours, tu me sauvais.
Te l'ai-je dit ?
Je n'ai pas mesuré tes efforts.
Le fait que tu n'aies pas dit aux enfants
que j'étais en prison.
Que tu aies toujours prétendu que j'étais en voyage,
un long voyage dans un étrange pays. Parce qu'il me fallait
travailler, comme tous les autres pères, comme tout le
monde.
Aussi, de mes cheveux qui m'avaient quitté, tu disais que
c'était une malédiction, la malédiction du gel et du froid
sévissant là où j'avais été forcé de me rendre.
Quant à ma barbe, elle était une muraille, disais-tu. Une
muraille naturelle entre moi et la blessure du froid.
Les enfants se marraient.
Si j'étais maigre ?
Ça, c'était autre chose ! C'était parce que le pain que les
gens avalaient là-bas était si amer qu'un homme sensé
comme moi ne le tolérait pas.
Papa haïssait ce pain, disais-tu.
N'est-ce pas que tu le haïssais, Mahmoud ?
Tu as fait de ton mieux, Sarah.
Toujours.
Et moi, je m'étais muré ici.
Sans parler ni écrire.
Près de ce lac.
Un grand clou dans la langue.
Mais le plus étrange, c'est que je n'étais
ni ce clou ni cette langue.
J'étais le point de douleur liant les deux.
J'étais les deux.
C'est là que sont nés mes poèmes, ceux qui
m'ont offert des lecteurs.

La double porte du rêve et du souvenir,
il n'y avait que les mots pour l'ouvrir.
Et m'aider à tenir le coup.
Seuls eux me tendaient la main.
Quelle bêtise!
Je suis mort d'être resté en vie.
Oui.
C'est de ne pas avoir lâché prise que j'en suis là.
Regarde.
Quel est le sens?
La sagesse aurait été de fuir.
Londres, les États-Unis, la France.
Repartir à zéro.
Tout recommencer.
Mais quoi! Je ne pouvais me résoudre à enterrer
une seconde fois ma vie. Ma joie et ma douleur
se trouvaient ici, sur les rives de ce lac.
Peu importe.
Demain, ce cabanon ne sera plus.
Père.
Petit Père, tu te fais trop de souci.
Ils me parlent, ma belle.
Et je suis fatigué.
Mes livres aussi peuvent être ensevelis.
Que valent-ils?
Avant la guerre? Oui, on me lisait.
Et j'en étais content.
Mes livres volaient de par les airs, arrivaient dans
des aéroports depuis lesquels on les emmenait,
à bord de camionnettes rapides,
jusqu'aux plus prestigieuses librairies.
Si bien qu'en ce moment, peut-être qu'une petite fille,
avec sa tête sur les épaules, est en train de me
lire, assise sur la cuvette des toilettes de l'appartement
de son père, qui ne l'accueille qu'un week-end par mois,

parce qu'il vit loin de la ville où elle grandit.

Ou peut-être qu'un père, poète comme moi, mais dans une ville lointaine comme Columbia, se demande
ce qui peut bien pousser un homme à écrire des poèmes aussi doux que les miens, dans un pays aussi brutal ?

Ou peut-être qu'une famille, rassemblée au coin du feu après un long week-end passé à boire du thé et disputer des parties de passe-trappe, est en train de me lire à voix haute, et se sent calme, et se sent bien ?

Peut-être. Mais après ?

À Alep, un de nos amis avait cette image. Tu te souviens ? Il disait que si on recouvrait une carte de la terre avec des petites pastilles colorées indiquant l'endroit où se trouvent nos livres, on aurait une vision plus sereine des choses, davantage de confiance.

Je ne crois pas.

C'est illusoire.

Voler dans des avions.

Prendre de la place.

Se battre pour durer ou qu'on se souvienne de nous.

Je n'y crois pas.

J'ai écrit comme les grands rapaces, moi, traçant et biffant tour à tour ce que la lumière jetait sous mes yeux.

Pour le reste, j'ai joui d'une complicité totale avec toi.

Joui de la santé, joui de mes beaux enfants.

Mais je n'y arrive plus.

Ma peau saigne à l'endroit de mon grain de beauté.

Et tu me manques à mort, Sarah.

Dans les rues qui sont sombres
Je crains la multiplication de l'hésitation
et de l'allumette.

En silence, je fais les cent pas sur la plage.

En silence, la lune vient de tomber.

Il y a une fin à tout.

Demain, je rentrerai.

Des sorbets au goût de liberté

17

Tu ne voyais plus le sens.
Tu avais des rêves agités.
Tu avais peur de t'endormir
et sanglotais parfois dans mes bras.
Puis cela t'est passé.
Tout passe.
On oublie et on recommence, Mahmoud.
Un matin, tu m'as dit que tu allais
te remettre à enseigner.
Et tu trouvas un nouveau poste dans une école,
entre Tabqa et Maskané, là où l'État, au début des années
soixante-dix, avait construit ce cher Établissement el-Assad*,
ferme gouvernementale irriguée par les eaux pompées dans
le lac.
Une petite école.
Moins de cent élèves.
Car maintenant que tu avais payé de ta peau,
tu avais à nouveau le droit de travailler.
Tu retrouvas le sourire.
Je te sentais amoureux.
Tu l'étais.
De moi.
Et de Leïla.
Toujours.

La nuit, tu écrivais là-haut, dans ton petit cabanon des
épreuves, où tu cherchais ce qui grouille dans l'antichambre
du rêve, ce qui se produit quand on frotte la mémoire et
l'oubli, ce qui naît quand on laisse parler ce que la mémoire
perd, mais garde pourtant.
Tu n'avais que les mots pour rejoindre ce qu'il y avait
avant les mots. Tu le disais.
Et tu rentrais avant le lever du jour, quand tu avais
trouvé quelque chose de plaisant, une tournure
que tu n'avais jamais employée, une expression
qui détonnait.
Tu étais sans repos, comme ton cher Brahim.
Et moi, je n'avais qu'à bien me tenir,
car aussi me secouais-tu comme un prunier!
Regarde!
Doucement, mais avec fièvre, tu me lisais
ce que tu venais de produire.
Des heures et des heures.
Moi, je n'en ai pas été capable.
Je n'ai pas eu ton endurance.
J'ai été une femme amoureuse des mots,
j'ai été amoureuse d'un amoureux des mots,
mais je n'ai pas eu le courage ou l'orgueil qu'il faut
pour mettre le point final et dire « Ça y est,
ceci est un livre, faisons-le imprimer! »
Toi, oui.
Tu avais cette foi.
Pourtant, les meilleures choses que tu aies écrites,
d'après moi, sont celles que tu as couvées dans le nid
de l'humilité. Au secret des peines.
Tu redevins lumineux, Mahmoud.
Tout le monde te respectait.
Tu étais la Grande Ourse
du petit monde des lettres.
Puis trente ans de terreur s'en sont allés d'un coup.

Du jour au lendemain.
Trente ans d'un régime qui écrasait tout
et régentait jusqu'à nos rêves :
Hafez est mort.
Ce jour-là, on a regardé la télé.
La foule hurlait.
Ne dites pas que notre Président est mort !
Ne dites pas qu'il est mort !
Si son corps est parti, son âme reste vivante !
Tu te souviens ?
Jamais autant que ce jour-là,
Hafez n'avait paru si vivant !
Quelle folie !
Certains allaient jusqu'à se faire
des entailles au couteau sur le torse.
D'autres à se griffer le visage et
à se lacérer à coups de rasoir de barbier.
Ne dites pas qu'il est mort,
car Bachar est en vie !
Des drapeaux recouvraient les villes.
On jetait des fleurs dans les puits.
Tout le monde pleurait.
Que veux-tu : la foule finit par aimer ceux
qui la tyrannisent.
Ils pleurent Staline, ils pleurent Mao, ils pleurent
le Président el-Assad.
Et ils les pleurent comme les fils du peuple, les sages
d'une nation et comme de fiers et courageux
hommes d'État.
Quant à Bachar, je le revois.
Moins échalas qu'au temps de Londres,
mais néanmoins très échalas,
il suit le cortège funèbre
en se retournant régulièrement,
comme pour vérifier

que c'est bien vrai, tous ces gens,
tous ces pleurs,
tout ce bruit.
Il est perdu.
Caché derrière ses lunettes de soleil
et ses yeux de requin fou, il marche.
Même moustache qu'Hafez.
Même front légèrement dégarni.
Mais c'est l'heure.
Tous les regards sont braqués sur lui.
C'est son tour, à lui de jouer.
C'est ton tour, Bachar !
Montre-nous de quoi tu es capable.
Plus d'ouverture !
Plus de justice !
On y a cru, Mahmoud.
Tout le monde.
Quoi que tu en dises.
Même toi, le jour où il fit libérer la moitié des prisonniers
politiques, tu te mis à parler de démocratisation du pays et
de la fin de l'état d'urgence,
pourtant en vigueur depuis 63.
Aux quatre coins des villes, des salons rouvrirent,
où les intellectuels se retrouvaient pour refaire
le monde. On revit nos amis d'Alep.
On buvait, chantait.
Tout redevenait possible.
Et, poussés par ces vents lumineux,
on se mit même à faire des sorbets !
Que l'on vendit sur les places des villages !
Une boîte de congélation toute bête posée
sur une charrette à bras, un sac transportant
les coupelles et les pailles, des bouteilles d'eau,
des jus de fruits, et voilà, le tour était joué !
Des sorbets, mon amour !

Au goût de liberté!
Tous les deux sur les places et les gens
qui se ruaient vers nous, giclant dans la lumière.
Quand ils payaient, tu disais un poème.
Et lorsque venait le soir, arrêtant la charrette, tu me
faisais valdinguer dans les buissons, vert comme au
premier jour, comme au temps de ta prime jeunesse.
Tu riais, te penchais sur les boîtes à glaces et y collais
des pastilles de couleur après y avoir écrit le nom des
parfums, exactement comme tu l'aurais fait pour timbrer
une lettre d'amour.
Les gens aimaient nos glaces, Mahmoud,
parce qu'ils aiment tes poèmes et le goût
de la liberté.
Le soir, tu rangeais la charrette le long
de la rue, devant chez nous, et tu épépinais les fruits
pour les sorbets à venir, tandis que moi,
je comptais nos sous.
Le monde s'était ouvert, mais dans cet intervalle,
le prix des communications, nos abonnements téléphoniques,
nos redevances télé, tout devint impayable.
Même les denrées alimentaires.
Mais parce que je t'avais retrouvé,
rien d'autre ne comptait.
Tes escapades au lac ne me gênaient pas,
car je pouvais fumer sans me cacher quand tu étais là-haut.
Pourquoi me cacher, d'ailleurs?
C'est drôle.
Tu n'as jamais parlé de nos glaces dans tes livres.
Comme si tu ne pouvais écrire que le manque.
Ce fruit qui, une fois avalé, se rétracte,
fond puis revient.
Peu importe.
Les années ont fini par passer.
Et la foule, comme vers *une vaste tente funéraire*,

se pressa vers ce fameux printemps.

Elle envahit les rues.

Nous voulons le changement! hurlait-elle après dix années
de statu quo, de mensonges.

Nous voulons la révolution!

Mahmoud, la liberté que tu avais cherchée toute ta vie,
c'est elle que la jeunesse voulait, celle qui se trouvait à la
pointe de ton stylo, celle qu'il y a au-delà des mers.

Ils voulaient que l'on rembobine l'univers.

Ils voulaient une Syrie nouvelle!

Nazifé venait de tomber malade, puis de guérir
miraculeusement.

Avec ses frères, elle s'est mêlée aux foules.

Yallah irhal ya Bachar!

Dégage!

Prends le parti Baas avec toi et prends la porte,
il y a la liberté qui y frappe!

Voilà ce qu'ils chantaient.

Mais tu n'y croyais pas.

Tu en tremblais.

Tandis que lui, l'ancien étudiant en ophtalmologie,
le jeune homme timide de Hyde Park qui ne
voulait pas entendre parler de politique, lui,
il arracha les cordes vocales des petits coqs chanteurs*, puis
leur trancha la gorge et les expédia dans le fleuve Oronte.

Tout le pays fut pris de secousses.

Comme une toile d'araignée qui, touchée ici,
tremble partout à la fois.

Les gens se sont mis à fuir, offrant leurs lits et
leurs maisons aux tirs de mortiers.

Et notre Syrie,

nos arbres,

Mahmoud,

les lieux où nous nous sommes aimés,

notre terre,

tout a sombré.

Du jour au lendemain, ils sont entrés dans les maisons,
égorgeant les hommes devant leurs enfants, insérant des rats
dans…, et forçant des frères à violer leurs sœurs.

Les survivants hurlaient, disant que l'armée voulait nous
rendre fous et faire gonfler les rangs des rebelles,
cela afin de pouvoir nous trucider ensuite allègrement,
au mépris du droit et des conventions internationales.

Mon amour.

Tu étais parti chercher de l'eau.

Pardon.

Ils avaient fermé l'alimentation en eau potable.

Tu n'écrivais pas.

Tu n'étais pas au lac.

Pardon.

Tu étais de ce côté du jour, avec moi.

Parti chercher de l'eau avec une petite
casserole et ton cruchon.

À ton retour, ils avaient défoncé la porte.

Si bien que tu as fait un pas en avant,
balayé la pièce du regard, à toute vitesse.

Et lorsque tu as vu ma robe laminée,
puis les pages déchirées de mes poètes russes,
tu t'es mis à genoux.

Tu es tombé.

Plus tard, tu as levé les yeux et tu m'as rejointe.

Dans mon poing, chiffonnée, la page d'un poème
d'Akhmatova.

Elle s'y trouve encore.

Tu l'y as laissée, mon ange.

Cela, ils n'ont pu nous le prendre.

Ils n'ont pu le violer.

C'est lorsqu'une espérance expire
Qu'une chanson de plus s'élève.

Tu es resté près de moi toute la nuit.

Dans ce champ de ruines.
Des heures à sangloter, à invectiver le ciel.
Le matin, Arman, le voisin, t'a aidé à creuser
le trou sous le prunier.
Puis tu as passé ton alliance autour d'une chaîne,
tu as placé la chaîne autour de mon cou et
tu as remis de la terre par-dessus le tout.
Tu m'as dit au revoir, Mahmoud.
Comme un paysage qu'on survole,
auquel on dit adieu.
Et tu n'es plus revenu.
Tu n'as plus revu la maison.
Et moi, j'ai attendu.
Chaque nuit.
J'ai attendu ta voix.
Et tes histoires de lune, d'eau et de vent.

Viens, il est temps de rentrer à la maison

18

Je n'y pense pas.
C'est mieux.
Je ne touche pas mon cœur.
J'ignore ces mois passés ici.
J'ignore la vague qui balayera les rues,
détruira les maisons.
J'ignore l'étoile qui m'indique le chemin.
J'ignore que des oiseaux reviendront peut-être
se poser un jour sur le toit de la mosquée,
près du café Farah – Dieu ait son âme.
J'ignore la maison de Mounir et ce qu'il en restera.
J'ignore ma barque, mes palmes et mon tuba.
Le champ de pastèques que je dévale.
Le sentier aux mûres.
Mon âme dévastée tant de fois.
J'ignore que je me traîne seul au milieu des ruines, seul
comme la solitude de l'eau.
J'ignore qu'il ne reste plus la moindre
pastèque dans le champ.
J'ignore qu'il n'y a plus de champ.
C'est mieux.
J'ignore que je ne suis plus revenu chez nous (il ouvre la
porte de la maison, mais il n'y a plus de porte et plus de
maison) depuis qu'ils t'ont fait ce qu'ils t'ont fait, Sarah.

J'ignore que tu reposes sous ce prunier et que c'est à lui
que je m'apprête à dire :
Le ciel n'était pas bleu, mon ange
Nos jours furent bleus.

Les poèmes en italique sont issus de deux sources :
l'anthologie *Poésie syrienne contemporaine* de Saleh Diab
(© Le Castor Astral, 2018), et *Histoires de lune, d'eau et de vent*
de Sohrab Sepehri, traduit du persan par Parvin Amirghasemkhani,
Arlette Gérard et Christian Maucq (© maelstrÖm reEvolution, 2017).

Le poème de la page 61 *(La fraîcheur d'une grotte…)* se trouve
dans le livre *Seule la mer* de Amos Oz, traduit de l'hébreu
par Sylvie Cohen (© Gallimard, 2002).

Notes

lac el-Assad : situé sur l'Euphrate et créé artificiellement par le barrage de Tabqa, il fait plus de 50 kilomètres de long pour une superficie de 630 kilomètres carrés. Sa création a entraîné le déplacement de 11 000 familles présentes dans la région.

barrage de Tabqa : entrepris en 1968 et inauguré en 1973 par Hafez el-Assad, le barrage, situé près de Raqqa, a longtemps été le symbole du parti Baas syrien. Fragilisé, malmené et bardé d'explosifs, il est resté aux mains de Daech jusqu'au 10 mai 2017, date à laquelle les Forces démocratiques syriennes, aidées par la coalition internationale, en ont repris le contrôle et l'ont sécurisé. Aujourd'hui, non seulement la crainte d'un gigantesque déluge provoqué par son effondrement est passée, mais, dans la région, le niveau d'eau de l'Euphrate n'a jamais été aussi bas, en raison du blocage opéré en amont par la Turquie.

baklava : dessert traditionnel qu'on retrouve dans le Caucase, au Maghreb et au Moyen-Orient.

au printemps, quand ce merdier : allusion au Printemps arabe, qui commença par des manifestations pacifistes, avant de se transformer en rébellion armée suite à la répression brutale du régime.

identité syrienne fabriquée par les Français : allusion au mandat que la France reçut sur la Syrie et le Liban lors du peu connu traité de San Remo (1920). Mandat obtenu contre l'avis des populations locales. La Syrie n'accédera à l'indépendance qu'en 1946.

une des premières cités de l'histoire : la région est, en effet, située dans le fameux « Croissant fertile », là où les premières formes d'agriculture et d'écriture ont vu le jour, là où sont apparues les premières villes.

« *Le monstre* », « *Le lion* » : le père d'Hafez el-Assad, opposant au mandat français sur la Syrie, s'appelait en réalité Ali Sulayman el-Wahch. En raison de son combat contre la présence française, il fut rebaptisé Ali el-Assad. En arabe, Asad signifie « lion ». Wahch, lui, signifie « monstre ».

théâtre d'ombres damasquin : menacé de disparition, l'Unesco l'a classé « patrimoine culturel immatériel nécessitant une sauvegarde urgente ».

Qal'at Ja'bar : citadelle datant du XIIe siècle, elle émerge au milieu du lac, cernée par les eaux.

emprisonner la prison : expression que l'on doit au poète Faraj Bayrakdar, opposant au régime de Hafez el-Assad et qui a été emprisonné pour ses opinions. Il est aujourd'hui libre, vit à Stockholm et ne cesse de militer pour la liberté.

Syrie baasiste : relative au parti Baas. Parti créé en 1943 et dont le but était l'unification des différents États arabes en une seule grande nation. Il existe un parti Baas syrien (au pouvoir depuis 1970 avec Hafez et Bachar el-Assad) et un parti Baas irakien (au pouvoir de 1968 à 2003, avec Saddam Hussein).

yalanji : feuilles de vigne farcies de riz et de légumes variés, qui se mangent en entrée.

« *Ton tour arrive, docteur* » : slogan qu'un groupe d'adolescents a apposé sur les murs d'une école de Deraa en février 2011. Visant directement Bachar, les adolescents sont arrêtés par les services de renseignement et torturés pendant plusieurs semaines.

hisba : police religieuse de l'État islamique.

dibss fléfleh : mélange de piments d'Alep et de poivrons rouges séchés au soleil, il assaisonne plats et mezzés.

massacre de Hama : l'hiver 1982, suite à l'assassinat de hauts fonctionnaires par les Frères musulmans dans la ville de Hama, le régime riposte, bombarde et met la ville à feu et à sang. Entre 10 000 et 40 000 personnes y ont perdu la vie, civils pour la plupart.

Rifaat el-Assad : à la tête des Brigades de Défense, il dirige les forces gouvernementales lors du massacre de Hama (sans parler du massacre de la prison de Palmyre). Surnommé le « Boucher de Hama », il nie son implication et va jusqu'à contester la destruction de la ville, disant que « certaines rues étroites ont simplement été agrandies ». Le 17 juin 2020, vivant en France depuis de longues années, il est reconnu coupable de « blanchiment en bande organisée, de détournement de fonds publics syriens » et est condamné à quatre ans de prison. Ses biens français, acquis frauduleusement, sont confisqués.

quand de Gaulle bombardait nos rues : allusion au désir d'indépendance des Syriens qui, après vingt ans de mandat français et sous la présidence de de Gaulle – lequel refuse d'abandonner le pays – voient la ville de Damas bombardée par le général Fernand Olive, alias Oliva-Roget, le 29 mai 1945.

Établissement el-Assad : créée en 1971, cette ferme d'État, ou ferme gouvernementale, devait permettre d'irriguer largement la région afin d'y développer l'agriculture. Dans les faits, les objectifs n'ont pas été atteints, la population s'est sentie flouée et le projet fut abandonné en 2000.

les petits coqs chanteurs : allusion aux chants de liberté de la jeunesse syrienne et de ses porte-voix, Abdel Basset Sarout (ancien gardien de but devenu figure de la contestation puis chef de guerre tué au combat) ou encore Ibrahim Qachouch (dont le corps fut retrouvé, cordes vocales arrachées, dans le fleuve Oronte).

1. Les couloirs vert et or de ma lampe torche 9
2. Une épée debout sur le cœur 16
3. Or je traîne dans la nuit, je ne bouge pas 23
4. Feuilles d'abricotier 28
5. Et il n'y a personne 37
6. Près du prunier 45
7. Devant la pierre du four à pain 51
8. L'ami sage du bouffon Karakoz 57
9. Je devrais la montrer au médecin 66
10. Une publicité pour la mort 72
11. Arak aux lèvres 79
12. Bleue comme la lumière du sentier aux mûres 85
13. *Ya bent baladi* 92
14. J'approchais de mes quarante ans 99
15. Alep 107
16. Et le soir, idem 116
17. Des sorbets au goût de liberté 122
18. Viens, il est temps de rentrer à la maison 130

Cet ouvrage a été achevé d'imprimer en juin 2022
dans les ateliers de Normandie Roto Impression s.a.s.
61250 Lonrai
Nº d'imprimeur : 2203273
Dépôt légal : août 2021

Imprimé en France